SUPERHÉROES

SUPERHÉROES

SUPERMETOMENTODO

Metomentodo Quesoso es el superhéroe conocido como Supermetomentodo. ¡Es el jefe de los superhéroes!

COPÉRNICA

La cocinera–científica de los superhéroes, que controla la base secreta.

YO-YO

Joven y dinámica, puede hacerse inmensa o minúscula.

LADY BLUE

Heroína misteriosa, llega siempre cuando los superhéroes están en dificultades.

MAGNUM

Su supervoz destruye a todas las ratas de cloaca.

BANDA DE LOS FÉTIDOS

BLACKY BON BON

Jefe de la banda de los Fétidos. Es un déspota cruel y lleno de fobias.

MÁKULA BON BON

Es la mujer del Jefe. Es la que manda en la familia.

KATERINO

Es el contacto del Jefe con los roedores de Muskrat City.

FIEL BON BON

Joven hija del Jefe, obtiene venenos peligrosísimos de plantas e insectos.

UNO DOS TRES

Los tres guardaespaldas del Jefe son grandes y robustos, pero con poca sustancia en la cocorota.

Textos de Geronimo Stilton
Inspirado en una idea original de Elisabetta Dami
Diseño original del mundo de los superhéroes de Flavio Ferron y Giuseppe Facciotto
Coordinación artística de Flavio Ferron
Asistencia artística de Tommaso Valsecchi
Ilustraciones de Giuseppe Facciotto (*dibujo*), Daniele Verzini (*coloración*)
Cubierta de Giuseppe Facciotto y Daniele Verzini
Diseño gráfico y maquetación de Michela Battaglin, Yuko Egusa y Marta Lorini

Título original: *Allarme, puzzoni in azione!*
© de la traducción: Manel Martí, 2012

Destino Infantil & Juvenil
infoinfantilyjuvenil@planeta.es
www.planetadelibrosinfantilyjuvenil.com
www.planetadelibros.com
Editado por Editorial Planeta, S. A.

© 2010 - Edizioni Piemme S.p.A., Corso Como 15, 20154 Milán - Italia
www.geronimostilton.com
© 2012 de la edición en lengua española: Editorial Planeta, S. A.
Avda. Diagonal, 662-664, 08034 Barcelona
Derechos internacionales © Atlantyca S.p.A., Via Leopardi 8, 20123 Milán - Italia
foreignrights@atlantyca.it/www.atlantyca.com

Primera edición: noviembre de 2012
ISBN: 978-84-08-01360-0
Depósito legal: B. 22.191-2012
Impresión y encuadernación: Cayfosa

Impreso en España - Printed in Spain

El papel utilizado para la impresión de este libro es cien por cien libre de cloro y está calificado como **papel ecológico**.

Geronimo Stilton

¡ALARMA, FÉTIDOS EN ACCIÓN!

H ace un día **LLUVIOSO** en Muskrat City.

Densas nubes negras se ciernen sobre la metró-poli, soltando goterones que tamborilean sin tre-gua sobre tejados, **CRISTALE-RAS** y calles. Desde hace una semana la lluvia cae incesante, llenando el río Castor hasta los márgenes.

7

Riachuelos de agua surcan las ventanas, se cuelan por las fachadas de los edificios, obstruyen las cañerías y cubren las aceras de charcos y regueros.

Pero en **Muskrat City** el crimen no duerme ni siquiera bajo el diluvio: eso lo saben muy bien Yo-Yo y Magnum, que patrullan la ciudad ignorando el aguacero.

—**¡ÁNIMO, MAGNUM!** —le dice Yo-Yo para infundirle valor.

—¿Crees que es fácil cumplir nuestro deber bajo esta lluvia? ¡Tengo las botas chorreando! Me ha entrado agua por el cuello y siento que estoy pillando un resfriado de los bue… Magnum no logra acabar la palabra, pues **suelta** un sonoro estornudo:

—AAAAAAAAAAA

Pero gracias a la rápida intervención de Yo-Yo, que le pone el pañuelo bajo la nariz, su **es-tornudo** queda interrumpido.

—¡Menos mal que te he detenido a tiempo! —grita Yo-Yo.

—¿Por qué? —pregunta Magnum.

–¿Ves aquel árbol junto a la farola?

—¿Qué tiene de raro?

Yo-Yo se queda mirando a su primo:

—Lo que tiene de raro es que… ¡hace un momento no estaba! ¡Con tu estornudo has activado el efecto «E»!

¿¿¿Te refieres al Efecto Evolución Vegetal???

—dice Magnum, rascándose la cabeza perplejo.

—¡Juraría que tus poderes vocales no se llevan nada bien con el resfriado! Te aconsejo que actives la modalidad «Calentamiento de Aire» del traje… ¡tercer botón a la izquierda, en el cinturón!

ÅÅÅÅÅÅÅÅÅÅÅÅÅÅÅÅ…

—Pero ¿cómo puedes conocer todos esos truquitos? —le pregunta Magnum, atónito.

—¡Fácil! Me he leído el m a n u a l de instrucciones del supertraje… Apostaría a que tú lo has perdido, ¿no es así?

—Ejem… no lo he perdido…

¡simplemente no recuerdo dónde está! A propósito, ¿qué me dirías de ir a la Mansión Quesoso a tomar una T A Z A de té? Por aquí no hay ni rastro de la Banda de los Fétidos.

Los dos primos se dirigen a casa, mientras más

nubes cargadas de lluvia se acumulan en el horizonte.

Pero si la lluvia es un problema para Muskrat City, existe un lugar donde aún resulta más fastidiosa. Efectivamente, en las CLOACAS, el agua del subsuelo se filtra todavía más fría y abundante, inunda la ciudad subterránea de Putrefactum y acaba en la cabeza de las ratas de alcantarilla… especialmente en una: ¡la de Blacky Bon Bon!

— ¡SI HAY ALGO QUE ODIE MÁS QUE MUSKRAT CITY, ES MUSKRAT CITY CUANDO LLUEVE A CÁNTAROS!

—grita el jefe de la Banda de los Fétidos—. ¡Vamos, Katerino, vuelve a leer la lista!

El UNTUOSO consejero del Jefe se aclara la garganta…

—Como íbamos diciendo… ideas para el regalo de cumpleaños de Mákula Bon Bon… hum…

11

—¡¿A qué estás esperando, Katerino?! ¡Lee!

—Si he de serle sincero, Jefe... ¡la L I S T A se interrumpe aquí! ¿Debo deducir de ello que no hay ideas para el regalo de la señora Bon Bon? Blacky suspira.

¡¡¡ODIO LOS REGALOS DE CUMPLEAÑOS!!! PERO ¡SI NO SE ME OCURRE ALGO DE INMEDIATO, LA COSA ACABARÁ COMO EL AÑO PASADO!

—Ya... —responde el asistente del Jefe— el año pasado, la señora Bon Bon no parecía nada entusiasmada con aquella reproducción de la

Torre Eiffel que cambia de COLOR según el tiempo que hace…

El silencio glacial de Blacky Bon Bon no precisa comentarios: ¡la situación es dramática!

Y, de pronto, la musiquilla del móvil del Jefe llena la sala. ¡Como si hubiera sido hecho aposta, la voz de Mákula Bon Bon resuena estridente!

—¿Dónde estás, bomboncito? —pregunta la mujer del Jefe—. No me lo digas: ¡quieres darme una SORPRESA y estás dando vueltas por ahí en busca de mi regalo de cumpleaños! ¿Lo he adivinado?

Tras unos segundos de silencio, Blacky responde:

—Ejem… sí… ¡Verás, este año voy a dejarte con la boca abierta!

Luego se apresura a cortar la comunicación, aún más preocupado que antes.

Por suerte, el fiel Katerino, está dispuesto a sacarlo del apuro.

—Jefe, a propósito de aquella estatuilla de la Torre Eiffel…

—¡No quiero volver a oír hablar de esa historia! —lo interrumpe Blacky **bruscamente**.

—Sólo quiero decir que… ¿por qué contentarse con una copia cuando se puede tener el **original**?

—¡Un momento, ésta sí que es buena! Robar la Torre Eiffel… ¿cómo no se nos había ocurrido antes? —comenta Blacky con **sarcasmo**.

—¡No me refería a la Torre Eiffel, Jefe! Pensaba en algo más grande, por ejemplo… ¡una ciudad!

—Muskrat City… —susurra Blacky.

—¡Exactamente! —lo anima Katerino.

—**¡Muskrat City!** Está decidido: ¡la conquistaré de una vez por todas y se la regalaré a Mákula! ¡¿Cómo no se me había ocurrido antes?!

¡SOY UN GENIO!

Tras descargar una poderosa palmada en el hombro de su asistente, Blacky exclama:

—Ponte en marcha, Katerino, llama a Sebocio: ¡ya es hora de DESEMPOLVAR aquel plan que habíamos comentado! Quiero a ese individuo, a ese tal Comodín, del que hablamos hace un tiempo… ¡inmediatamente!

L a lluvia repiquetea en los ventanales de la Mansión Quesoso, pero resguardados por las paredes del salón, Trendy, Brando y Copérnica disfrutan del calorcillo de la chimenea.

Acurrucada en el sofá, Trendy está acabando los deberes, mientras Brando trata de curarse el resfriado.

—¡AAA... CHÍÍS!

—Me parece que no estamos haciendo grandes progresos —señala su prima, alzando una ceja. Brando levanta el morro de una palangana humeante de vapor y comenta desolado:

—¡No sé si estornudo más por el resfriado o por las inhalaciones! ¡Tengo una garganta muy delicada!

Trendy suelta una **carcajada**:

—¡¿La garganta delicada?! Pero ¡si tu super-voz puede destruir el cemento armado!

Copérnica se acerca al roedor resfriado:

—No te preocupes. Te he preparado una buena **infusión** descongestiva; la receta es de mi abuelo Tycho. ¡Siempre decía que funcionaba de maravilla, incluso con los resfriados de vuestro **antepasado** Master Rat!

Brando no parece muy convencido. Observa la taza humeante que Copérnica le está ofreciendo.

—Hum... ¿qué lleva esto?

La cocinera científica se encoge de hombros:

—Extracto de alga ratomutante, jengibre hidropónico, selenio, ortigas salvajes ¡y también un puñado de polvos de tamarindo! Ah, me olvidaba, he perfeccionado la fórmula. He añadido una pizca de…

—¡ACHÍS! ¡ACHÍS! ¡ACHÍS!

Ejem, ya vale; ¡si quieres que me lo beba, será mejor que no sepa nada más! —la interrumpe Brando, mientras coge la **tisana** de las manos de Copérnica con cara de resignación.

—¿Alguna novedad durante vuestra guardia?

—¡ACHÍS! ¡ACHÍS!

No… lo único que hemos pillado es mi resfriado.

Trendy añade:

—¡Con este diluvio, las ratas de alcantarilla se portan como angelitos!

—No me convence. ¿Y si estuvieran tramando un plan más peligroso de lo habitual?

—se pregunta Copérnica, mientras echa otro tronco a la chimenea. Y añade—: ¡Bah! Por el momento sólo podemos esperar y ver si esta calma es el anuncio de una **TEMPESTAD**…

Trendy asiente y comenta:

—Si el primito estuviera aquí, podría darnos su opinión. A fin de cuentas, es un investigador…

Brando extiende las piernas ante la chimenea:

¡ACHÍS! ¡ACHÍS! -¡ACHÍS! ¡ACHÍS!

Me gustaría saber en qué anda ocupado ahora…

¡Seguro que estará investigando uno de sus **IMPREDECIBLES** casos de intriga!

… Sí, sí, casos de intriga… En Ratonia hace un día templado y sereno y Metomentodo Quesoso está **roncando** plácidamente en su oficina. Al menos hasta que…

¡RRRRIIIIIIINNNGGG!

—¿Eh? ¡El teléfono! ¡El teléfonooo! —grita nuestro héroe, despertándose de golpe y cayéndose de la silla. Por fin, tras varios timbrazos, logra **SUJETAR** el auricular.

—¿Di-diga?

—¿Hablo con la Agencia de Detectives Quesoso? —pregunta una vocecilla **inquieta** y temblorosa.

—Así es, ¿en qué puedo servirle?

—¡Venga inmediatamente al puerto, muelle 108! ¡Han robado una mercancía de valor inestimable! **ES UN DESASTRE DE PROPORCIONES MUNDIALEEEES!**

El auricular parece a punto de estallar bajo el efecto de aquellos gritos angustiados.

Unos minutos más tarde, Metomentodo se encuentra en el puerto de Ratonia, buscando el **MUELLE 108**.

—Entonces… veamos… 106, 107… ¡Tiene que ser aquí! —exclama.

En efecto, frente al almacén 108 hay un roedor que le tiende la mano **AL INSTANTE**.

—Mucho gusto, me llamo Diamantino Platanillos y soy un famoso comerciante de…

Metomentodo no le deja acabar la frase:

—¡No me lo diga! ¡Apostaría a que compra y vende diamantes!

—Ejem… a decir verdad… —contesta Diamantino— no me dedico a los diamantes. ¡Soy un famoso comerciante de plátanos!

—¡Por mil bananillas!

—exclama Metomentodo, fascinado. Tras lo cual, añade resuelto—: ¡Si se trata de plátanos, seguro que es un caso a mi medida!

—¡Por eso mismo lo he llamado! Ayer llegó un gran cargamento de **PLÁTANOS**, pero cuando he venido aquí esta mañana, no he encontrado más que una inmensa pila de **MONDAS**!

—gimotea el comerciante.

Metomentodo se saca una lupa del bolsillo de la gabardina y empieza a examinar las puertas del almacén. La cerradura ha sido forzada brutalmente y las **CAJAS** de plátanos, reventadas. Hay restos de frutas mordisqueadas esparcidos por todas partes, junto a un número **impresionante** de mondas...

Metomentodo se pone manos a la obra e interroga a los roedores que trabajan en los alrededores. Nadie parece haber visto ni oído nada, tampoco Ratoncio Saltimbanco, el director del circo que acaba de plantar su carpa en la ciudad.

Justo en ese instante, Metomentodo percibe un haz de **luz amarilla** proveniente de su reloj, que ilumina un tramo de calle. Ante él resplandece la «S» luminosa de la superalarma.

¡EL DEBER ME LLAMA! ¡DEBO LLEGAR CUANTO ANTES A LA ESFERA SUPERSÓNICA!

—¡Eh, tú! —le grita a uno de los **paya-sos** del circo de Ratoncio, que está descargando las caravanas—. Debo llegar en seguida a mi oficina ¿Me prestas el **MONO-CICLO**? Te lo devolveré… ¡en cuanto esté resuelto el caso! Y, tras decir esto, desaparece, dejando a Diamantino con la boca abierta.

—PERO... PERO...
¿¿¿Y EL ROBO DE MIS PLÁTANOS, QUÉ???

Metomentodo se precipita hacia la Agencia de Detectives Quesoso. Un buen montón de segundos después, ya está recorriendo el túnel que comunica su oficina con la Mansión Quesoso.

¿QUÉ SORPRESA ME ESPERARÁ ESTA VEZ?

—se pregunta con cierta aprensión, mientras las paredes de la galería **pasan** a gran velocidad alrededor de la Esfera Supersónica. Sin embargo, pese a su preocupación, Metomentodo no puede reprimir un estremecimiento de entusiasmo. ¡No ve la hora de ZAMBU-LLIRSE otra vez en una nueva misión!

La fiel Copérnica lo está esperando en las dependencias de la base secreta. Su mirada se siente atraída por los gigantescos **monitores** que iluminan la sala con una luz azulada. Las imágenes muestran el interior del Muskrat Palace, donde se está celebrando un desfile de ALTA COSTURA. La transmisión, más bien deficiente, a decir verdad, proviene de las cámaras de seguridad del edificio.

—¡VAYA, VAYA, VAYA!

Pero ¡si es el desfile de moda del Muskrat Palace, había oído hablar del evento!

—En efecto, querido Metomentodo. ¡Al parecer, una subespecie de rata de alcantarilla ha **irrumpido** cuando estaban en lo mejor!

—¡Blacky Bon Bon vuelve al ataque! ¡Me jugaría el pellejo!

Copérnica asiente con expresión seria. En ese momento, los primos emergen de sus respectivos vestuarios con sus llamativos trajes.

¿ESTÁS LISTO, PRIMITO?

—vocifera Yo-Yo, que siempre está contenta de iniciar una nueva misión. —Se trata de un nuevo supercriminal que se hace llamar Comodín.

—¡¿Comodín?! ¡Realmente es un EXtRaño nombre para un delincuente!

—Extraño, sí, pero sólo el nomb... ¡ACHÍS!

—estornuda Magnum, mientras señala la pantalla, que ocupa toda la pared.

La señal llega muy distorsionada, pero la escuálida y amenazadora silueta de Comodín resulta fácilmente reconocible. Se ha subido a la pasarela y, desde allí, está lanzando **AMENAZAS** y burlas contra todos los roedores presentes. Estilistas, invitados, modelos de pasarela, modelos de revista y multimillonarios lo miran petrificados, mientras el extravagante criminal les apunta con una flor. Una **FLOR** que tiene algo extraño…

—Pero ¿qué clase de tomadura de pelo es ésta? —exclama Yo-Yo—. ¡¿Los está amenazando con un artículo de broma?!

—Ese individuo tiene toda la pinta de ser un… **¡ACHÍS!**… ¡un bufón! —vocifera Magnum, sorbiendo por la nariz.

—¿Qué te pasa, primo?

—No te preocupes, sólo estoy un poco resfria…

¡¡¡AAACHÍSSS!!!

Los cuatro observan a través de la megapantalla cómo dos agentes de seguridad se suben a la pasarela y se acercan a COMODÍN. La rata de alcantarilla los mira con expresión burlona.

Luego, presiona el botón azul de la flor que lleva en el ojal; un contundente CHORRO de supercola deja a los agentes pegados en las columnas de mármol que se encuentran al fondo del salón. Entre la multitud se oyen gritos de temor.

—¡Ya hemos visto bastante, supercolegas! ¡¡Vamos en seguida al Muskrat Palace!! ¡¡¡Éste es un trabajo para los SUPERHÉROES!!!

Copérnica apaga la megapantalla y les hace una recomendación:

—Acordaos de taparos bien cuando salgáis, que hace **FRÍO**...

En cuanto asoman por la cúpula de la Mansión Quesoso, una ráfaga de lluvia embiste a los tres superroedores. El cielo vespertino sólo está iluminado por **RELÁMPAGOS**.

—¡Mirad las calles: están casi todas inundadas! —exclama Yo-Yo con preocupación.

Supermetomentodo tiene una idea:

—¡Traje!

¡A TUS ÓRDENES, SUPERJEFE!

—le responde el traje.

—¡Modalidad Barca! —ordena Supermetomentodo, alzándose contra la tempestad. Y al segundo, el traje se transforma en una barca de remos.

—Traje, ¿se puede saber qué estás haciendo? Quería decir una barca de **motor**... ¡tenemos que apresurarnos!

—*¡Hay que ser más preciso, superjefe!*

—Muy bien, pues entonces… ¡Modalidad Moto de Agua!

Al cabo de un instante, un extraño vehículo amarillo **SURCA** las calles, salpicando agua de los charcos.

Tras él va el **scOOter** de Magnum, que sobrevuela el asfalto inundado.

—Adelante…

¡No hay nada imposible para los superhéroes!

C uando la moto de agua se detiene con un espectacular viraje frente al Muskrat Palace, la CRISTALERA de la entrada refleja la imagen de los tres superroedores: Yo-Yo, valiente e intrépida, está volteando en el aire su arma preferida, su **inseparable** yoyó; Magnum se apoya un puño en la cadera, desafiante (con la otra mano, en cambio, ¡sostiene un paquete de pañuelos de papel!); Supermetomentodo, que ya ha vuelto a adoptar su aspecto de SUPERHÉROE, estudia el modo de entrar en el edificio. Las ratas de alcantarilla han sellado herméticamente las puertas, dejando encerrados dentro a todos los participantes del desfile.

—¡La entrada está bloqueada!

—¡Veamos! —dice Yo-Yo, mientras palpa la superficie de cristal irrompible—. Parece como si hubieran c o s i d o las puertas...

Efectivamente, un tupido hilo amarillo mantiene unidas las dos hojas transparentes de la puerta de vidrio.

-¡Está hecho todo un guasón, este Comodín!

—comenta Supermetomentodo, escamado—. ¡Mira que usar aguja e hilo en un desfile de moda! Es de lo más ocurrente...

—Pero ¿cómo habrá logrado perforar el cristal antibalas? Es increíble... —mascula Magnum entre ESTORNUDOS.

—¡Gracias por sus halagos! ¡Sin duda son del todo merecidos! —grita una voz tras ellos.

Los tres se vuelven de inmediato.

Dos roedores muy malcarados, ambos con traje, RÍEN SOCARRONES sin dejar de mirarlos: el más esmirriado empuña unas gi-

gantescas tijeras que chisporrotean, cargadas de electricidad. El otro, más bajo, lleva sobre la espalda un enorme carrete de HILO. Y sostiene una aguja muy grande, que tiene pinta de actuar como conductor eléctrico.

Se inclinan a la vez, con expresión sarcástica:

—¡Somos los gemelos Corta&Cose! ¡Encantados de conoceros, superhéroes!

—¡PARA SER GEMELOS, NO OS PARECÉIS MUCHO!

—exclama Yo-Yo.

—¡No podréis entrar hasta que Comodín haya terminado su obra de destrucción! —afirma Corta entre **CARCAJADAS**, mientras cierra y abre sus tijeras, que emiten un amenazador

¡SNAP! ¡SNAP!
¡SNAP!

—En cuanto a mí, este hilo es indestructible… ¡Fabricado en Putrefactum, con patente de Sebocio Cybercoscurro! —presume Cose, mientras blande la aguja como si fuera una espada.
—¡Estos dos sastres de pacotilla no saben con quién están tratando! —dice desafiante Supermetomentodo.

—¡No hay nada imposible para los superhéroes!

—proclama Yo-Yo.

Corta&Cose, reducidos a la inmovilidad, parecen haber perdido la prepotencia de unos momentos antes.

Los superhéroes se sienten satisfechos,

mientras los gemelos yacen en el suelo, sometidos y aplastados por el peso de la farola y de sus propias armas.

Magnum se apresura a **atarlos** bien, envolviéndolos en su propio hilo.

—¡Mirad qué lindo paquete para el comisario Musquash!

Supermetomentodo, que sigue **cosido** al asfalto como un parche de tela amarilla, protesta:

EJEM... CHICOS... ¿QUÉ OS PARECERÍA ECHARME UNA MANO?

Magnum se apresura a cortar el hilo que ha inmovilizado a Supermetomentodo, pero de pronto lo sorprenden una serie de extraños **ruidos**, seguidos del gorgoteo de un fregadero medio atascado.

—¡Eh, no me miréis así, que no he sido yo!

—protesta Magnum, tras captar la aviesa mirada de su prima—. Es verdad, he comido poco, pero no es mi barriga la que hace esos ruidos...

En ese momento, la vocecilla electrónica del traje de Supermetomentodo lo interrumpe:

—*¡He sido yo! He absorbido el hilo en la capa...*

Supermetomentodo se vuelve a poner en pie y examina la superficie del traje: no hay señales de corte, ni restos del hilo **INDESTRUC-TIBLE**. ¡Las únicas señales de la lucha son los agujeros hechos por Cose en el pavimento!

—¡Guauu! ¡Es todo un **descubri-miento**! ¡Traje, no sabía que fueras capaz de hacer algo así!

—*La verdad, superjefe, ¡también ha sido un descubrimiento para mí! Ha sido instintivo... ¡o eso creo!*

Magnum se abandona a más estornudos:

—**¡ACHÍS! ¡ACHÍS!** Perdonad que os interrumpa, pero ¿no tendríamos que entrar y ajustarle las cuentas al tal Comodín?

—¡Cuánta audacia por tu parte, Magnum! Casi no te reconozco... —le responde Yo-Yo.

Hum... la verdad es que ya no puedo soportar esta humedad... ¡Dentro, como mínimo, estaremos secos!

—¡De acuerdo! Magnum, ábrete **PASO** a través de la puerta…

Magnum se sitúa frente a la cristalera de la entrada y empieza a liberar su formidable e irresistible Efecto Obstáculo.

-OOO... ¡OCHÍS!

—No te he pedido un efecto pedorreta —dice Supermetomentodo con cierto matiz de aprensión en la voz. ¡El tiempo pasa y quién sabe qué estará tramando **COMODÍN**!

—Perdona, pero este resfriado no me da tregua…

¡¡¡ACHÍS,

ACHÚS,

ACHÁS!!!

—¡Oh, vaya faena! —dice Yo-Yo—. Magnum, la fuente de tus **PODERES** reside en tu voz. Si no te funciona, ¿qué podemos hacer?

Supermetomentodo reflexiona, sin perder de vista la cristalera cosida.

Entonces, su mirada enmascarada se ilumina:

—¡Pues claro! Cómo no se me ha ocurrido antes… ¡Traje!

—¡SIEMPRE A TUS ÓRDENES, SUPERJEFE!

—¿Crees que podrás repetir el truco que has hecho un momento antes?

—*¿Te refieres a tragarme el hilo que bloquea la puerta? Bueno, ¡puedo intentarlo!*

Un pliegue de la capa se posa sobre la gigantesca costura.

Se oye un **SWOOOOOOSH,**

y todo el hilo se desprende violentamente y pasa a formar parte de la capa.

—*No está mal... ¡tal vez le falte un chorrito de limón!* —bromea el traje.

Supermetomentodo, sin embargo, no tiene tiempo de responder: está empujando la puerta acristalada, dispuesto a hacer su entrada en el desfile de moda. Se dirige a sus superfieles compañeros y les dice:

—¡Superhéroes, en acción! ¡Tenemos un nuevo criminal que entregar a la justicia!

Con paso seguro, los superroedores irrumpen en el salón del desfile.

La escena con que se encuentran resulta tragicómica. Toda la sala está pringada de lamparones de pintura FOSFORESCENTE de todos los colores. Los roedores allí presentes, paralizados por el pánico, tratan de pasar desapercibidos. Por no hablar de las modelos, que tiemblan dentro de sus valiosos vestidos de alta costura.

—¡Mi colección de otoño de incalculable valor! —gimotea el estilista Ratonacce.

¡NUESTRAS CREACIONES... IRREMEDIABLEMENTE ESTROPEADAS!

—se desesperan en las primeras filas los famosos modistos Dulzón&Palangana.

El emergente Yves Ratt-Roedrén lanza un *GRI-TO* afligido:

—¡Qué horror! ¡Qué tragedia! ¡No puedo mirar!

Comodín se **CARCAJEA** satisfecho desde el escenario y comenta:

—Estás aterrorizado, ¿no es así, estilista del tres al cuarto?

El modisto responde con voz trémula:

—¡Sí... la **HORRIBLE** combinación de colores de tu traje me deja sin aliento!

Luego, superado por el disgusto, se desmaya.

En efecto, el traje de Comodín está confeccionado con retales de telas distintas, ensambladas sin criterio: es un baturrillo de extravagancias: rayas, cuadros, lunares... ¡y todo lo que a uno se le ocurra!

—**GRRR**... —replica la rata de alcantarilla, apretando las zarpas mientras sujeta el último globo lleno de pintura. Los otros ya han sido **LANZADOS** por el salón, en forma de dañinos proyectiles multicolor.

Por si no bastase, desde la flor que lleva prendida en el ojal, lanza chorros de **SÚPER–**

COLA y de queso rancio, que alcanzan por igual a fotógrafos, modelos y periodistas.

Supermetomentodo y sus **SUPERCOLE-GAS** espían cuanto sucede, ocultos tras una columna, al fondo del salón.

De pronto, Comodín impone silencio usando una potente trompetilla de carnaval:

—¡RATONZUELOS DE MUSKRAT CITY!

—exclama solemne—. ¡Este edificio pertenece ahora a las ratas de alcantarilla! ¡La era de los muskratenses se ha acabado! Ya estáis... ¡pasados de moda!

Sonríe burlonamente para sí durante unos segundos, saboreando por anticipado su siguiente frase.

—¡Tengo algo que anunciaros! ¡Y os aconsejo que abráis bien las orejas!

Apunta el **morro** a las cámaras de los operadores televisivos.

—¡Es hora de que **DESALOJÉIS** Muskrat City, y para siempre! Se ha terminado el tiempo de desfilar por la pasarela; para vosotros, ha llegado el momento de… ¡marcharos! ¡La ciudad es nuestra!

Del fondo del salón, detrás de la **COLUMNA**, se alza una voz firme e imponente, la del valeroso Supermetomentodo:

¡RÍNDETE DE INMEDIATO!

—¡¿Quién habla?! ¡¿Quién eres?! —grita Comodín, muy indignado.

Cuando los tres superhéroes entran en escena, su cara adopta los colores de sus propias pinturas.

—¡¡¡LOS SUPERPELMAZOS!!! NO ES POSIBLE... ¿CÓMO HABÉIS LOGRADO ENTRAR?

—Tus socios de la academia de corte y confección se han *embarullado* un pelín —responde Supermetomentodo.

—¡Eso mismo! —añade Yo-Yo—, ¡y ahora ya no tienes más tela que cortar!

—¡No me hacéis la menor gracia! —grita Comodín terriblemente indignado, mientras presiona la **FLOR AMARILLA** con sus dedos.

L os tres superhéroes atraviesan decididos el salón. Todas las **MIRADAS** de los que allí se encuentran se posan en ellos. Yves Ratt-Roedrén, que acaba de recobrar el sentido, gime:

—¿Una prenda amarilla combinada con una roja y una rosa? ¡No, no, noooo! ¡Esta mezcla de colores es in-fu-ma-ble!

Supermetomentodo, Magnum y Yo-Yo suben a la pasarela y la recorren con paso seguro, dirigiéndose directamente hacia su adversario.

Dos críticos de moda sentados en primera fila no pueden evitar **aplaudir**.

Por fin, los superhéroes están frente al temible Comodín.

—¡DADLE UNA BUENA LECCIÓN!

—los exhorta el millonario Florido Silvertail. Con actitud **ARROGANTE**, Comodín deja que Supermetomentodo se acerque. Cuando el superhéroe está a punto de agarrar por el cuello a su enemigo, de debajo de la americana de la rata de alcantarilla, aparece un guante de boxeo con resorte que golpea en el pecho a Supermetomentodo. El superratón sale **DISPARADO** hacia atrás, sin aliento. Luego se cae de la pasarela y se empotra en una de las butacas abatibles.

—¡Eh! ¡Ésas están reservadas para los vip! —se lamentan Dulzón&Palangana. Pero mientras el jefe de los superhéroes aterriza, Magnum intercepta al vuelo el **RESORTE** del guante. Comodín masculla, venenoso:

—¡Suelta la presa, miserable ratón en pijama!

—Hum… ¿estás totalmente seguro? —le pregunta el superratón con gesto indiferente—. ¡Cómo quieras! —Y deja ir el resorte de golpe, con el resultado de que el mecanismo regresa hacia Comodín a velocidad supersónica.

¡SPUMMM!

A causa del contragolpe, el criminal enmascarado cae sobre la pasarela cuán largo es.

—¡BUEN GOLPE, MAGNUM!

—exclama Yo-Yo.

—¡No ha sido nada! —responde él con modestia, acompañando su respuesta con un sonoro

¡ACHÍS!

Pero Comodín se pone en pie y se prepara para volver a la carga.

—¡Mi desfile aún no ha acabado, superplomos —grita, mientras se **masajea** la mandíbula—. ¡A ver si encajas ésta, superbarrigón! —dicho lo cual, saca su falsa flor del bolsillo y lanza un megachorretón de pintura amarilla a los pies de Magnum.

¡SPLORTCH!

El color está mezclado con un cemento especial de fraguado rápido que deja al superhéroe con los pies pegados al suelo.

—Y ahora, superbufón —dice Comodín burlándose descaradamente—, disponte a contemplar el fin de este pequeño espectáculo… Mi arma final: ¡las serpentinas!

Y tras el anuncio, se saca del bolsillo un rollo de serpentina amarilla.

—¡Este año, el Carnaval comienza antes de tiempo! —exclama la **PÉRFIDA** rata de alcantarilla.

—¿Nos estás tomando el pelo? ¿Piensas detenernos con eso? —replica Yo-Yo con una sonrisa desdeñosa.

Pero Comodín descarga el rollo de serpentina contra la superroedora. ¡Las espirales se **proyectan** en el aire, rodean a Yo-Yo y se enroscan a su alrededor, ejerciendo una presión insoportable!

—¡¡¡Por todas las pizzas margarita!!! ¡Yo-Yo también está fuera de circulación!

—comenta Magnum, que sigue con las patas atrapadas en el cemento de fraguado rápido.

—Ya os había dicho que conmigo no se bromea… pero ¡no me habéis escuchado! ¡Ahora ya no os volveréis a burlar!

Yo-Yo responde:

—¡No cantes victoria tan rápido!

La superroedora activa su poder amplificador: en cuanto se **expande**, las cintas ceden y caen al suelo, retorciéndose sobre sí mismas.

Yo-Yo, cuya altura ya alcanza el techo, se inclina sobre su enemigo.

Comodín retrocede. En su cara se trasluce el miedo, pero intenta hacerse el **fanfarrón**
de nuevo:

—¡No… no me das miedo! Cuanto más grande
te haces, menos sólida te vuelves… ¡no puedes
tocarme!

—Pero ¡puede distraerte!

—exclama una voz triunfal.

Es Supermetomentodo, que se
ha liberado de su incómoda
postura entre las butacas: de
un salto se **ELE-
VA** por los aires, para
luego caer en picado so-
bre Comodín. Cuando
está a media altura se
transforma:

—¿Te gustan las bromitas, bufón? ¡Si es así, seguro que esto te irá que ni pintado!

El supertraje se infla, se distorsiona, y adopta la forma… ¡de unas gigantescas tijeras de sastre! Se mueve alrededor de Comodín a la velocidad del rayo, dando **TIJERETAZOS** aquí y allá y reduciendo a jirones el traje de la rata de alcantarilla.

Comodín trata de huir, pero Supermetomentodo es demasiado veloz.

Con un último **ZAC**, el superroedor también retoca el peinado de su enemigo y exclama:

—Señoras y señores, la obra maestra de la colección Supermetomentodo…

Los roedores allí presentes contienen la respiración.

—… ¡UN COMODÍN DIGNO DE TAL NOMBRE!

Haciendo una reverencia, Supermetomentodo muestra el resultado a los presentes. ¡El traje de la pérfida rata, **DESPEDAZADO** y cortado, se ha convertido en el atuendo del clásico comodín de los naipes!

Todos los muskratenses allí reunidos **ESTALLAN** en una ruidosa carcajada.

Supermetomentodo hace una nueva reverencia ante el público:

¡Y ESTO ES TODO POR ESTA NOCHE, AMIGOS!

Yo-Yo, que ha recuperado su estatura normal, usa los vestidos diseñados por Ives Ratt-Roedrén para atar firmemente a la rata de alcantarilla.

—¡QUIEN RÍE ÚLTIMO, RÍE MEJOR, COMODÍN!

—sentencia satisfecha la superroedora.

Mientras la multitud se apresura a salir del salón entre un sinfín de comentarios de alivio, Magnum no puede reprimir su enésimo estornudo.

—¡AAA... CHÍS!

¿Podríais hacer el favor de liberarme?

—¡Gluuubs! ¡Voy en seguida, Magnum!

Pero en cuanto Supermetomentodo se acerca a su supercolega, el traje absorbe el cemento de fraguado rápido, con un borboteo de satisfacción.

Supermetomentodo se lo queda mirando, muy **perplejo**.

Yo-Yo se le acerca y murmura:

—¿Te preocupa algo, Supermetomentodo?
El jefe de los superhéroes no parece demasiado tranquilo.

¡Qué raro! Nunca había sucedido algo así hasta hoy y en cambio, ahora…

—En fin, mejor así, ¿no? —remata convencida la superroedora.

—¿Qué tal si **VOLVEMOS** a la base, superhéroes? ¡Quiero oír qué piensa nuestra Copérnica al respecto!

C uando los superratones salen del Muskrat
Palace, se encuentran al comisario Musquash acompañado de dos coches-patrulla.
Mientras se alza el cuello de la gabardina para
protegerse de la **LLUVIA**, el comisario los felicita:

—Bien hecho, superhéroes. Ejem, ejem… Comodín y los hermanos Corta&Cose serán en-
viados de inmediato a Muskratraz. ¡Rodríguez, el director, ya tiene tres celdas
a su disposición!

—¡NO LOS PIERDA DE VISTA, COMISARIO!

Ponga a buen recaudo sus armas,
en especial el carrete, las serpen-

tinas y la flor. Aunque parezcan juguetes, hemos tenido que… ¡hilar muy fino para desactivarlas! El comisario, empapado por la lluvia que cae sin cesar, asiente muy serio.

DE ACUERDO, SUPERMETOMENTODO, HAREMOS LO QUE DICES.

En cuanto la policía se aleja, Magnum suelta un sonoro **¡AAACHÍS!**
—¡Ya es hora de volver a casa! —anuncia Yo-Yo. El terceto desaparece en la noche con un rítmico *CHAC=CHAC*, producido por las botas de agua al entrar en contacto con los charcos cada vez más grandes.

La lluvia no da señales de querer parar. Entre las salpicaduras de los coches que pasan, el agua va a parar a los canales de desagüe de las aceras y después se precipita en las **CLOACAS** para descender cada vez más abajo, hasta los abismos del subsuelo. En Putrefactum todo son goteras. El agua se filtra a través del inmenso techo de roca y cae sobre las cabezas de las irritadas ratas de alcantarilla.

El más enojado de todos es, como de costumbre, el jefe de la Banda de los Fétidos, ¡Blacky Bon Bon!

—¡Puag! ¿Cómo es posible que yo, el jefe de todas las ratas de alcantarilla, tenga que vivir así?

Blacky Bon Bon observa disgustado la Sala del Trono. El suelo está CUBIERTO por cinco centímetros de agua. Mákula se desplaza de aquí para allá, colocando cacerolas y sartenes por doquier, a fin de INTERCEPTAR el chorreo de agua sucia.

—Pero ¡bomboncito, si lo que está pasando es normal! ¡Cuando llueve arriba, en nuestra casa se producen filtraciones! Siempre ha sido así…

Al oír esas palabras, Blacky se ensombrece más.

—¡No hace falta que me lo recuerdes, Mákula!

Sabes que odio este lugar: es húmedo y apesto-

so y estoy rodeado de moho, viscosidades y…
¡ratas con la cabeza llena de serrín!

Blacky vuelve a mirar la sala y se muerde la lengua. Pero por suerte, sus esbirros no han oído esa última frase, ocupados como están en protegerse del AGUA. Sebocio resopla ostentosamente: armado con un trapo, hace cuanto puede para secar sus valiosos instrumentos científicos. Uno, Dos y Tres corretean por la sala, pertrechados con escobas, trapos y cubos, con los que esperan poder atajar la inundación. En un rincón, Elf y Burp chapotean felices, persiguiéndose mutuamente entre salpicaduras fangosas.

—PAPI, NO TE SULFURES

—dice Fiel Bon Bon entrando en la Sala del Trono—. ¡¿No has enviado a tu socio a ocuparse de los muskratenses?! ¿Con la finalidad de echarlos y convertirte en el señor de Muskrat City, etcétera?

Ésa era, efectivamente, la intención del jefe de los Fétidos: conquistar Muskrat City para el cumpleaños de Mákula. Por desgracia, el objetivo aún parece muy lejano.

Con una **TORVA** mirada, el Jefe vocifera:

—¡Katerino! ¿Dónde te has metido? ¡¿Por qué no estás nunca cuando te necesito?!

¡ESTOY AQUÍ, JEFE!

El viscoso lugarteniente de la Banda aparece repentinamente detrás de Blacky, que da un **brinco** en su poltrona.

—Maldita sea, Katerino, ¡¿cuántas veces te he dicho que no irrumpas así, de improviso?! —grita Blacky—. Dime, ¿cómo ha resultado el plan? ¿El **Muskrat Palace** ya es nuestro?

—Ejem, Jefe, primero prométame que no perderá la calma…

derá la calma…

Blacky clava su mirada en Katerino.

—¡¿QUÉ ESTÁS INTENTANDO DECIRME?!

Mientras se retira, Fiel le espeta:

—¡Sólo basta con mirarlo! ¡El plan se ha ido a la PORRA!

Katerino le dedica una mirada furibunda.

Se restriega nerviosamente las patas y confiesa:

—Jefe, no ha sido culpa mía. Comodín y los gemelos Corta&Cose disponían de las mejores armas, las más eficaces… ¡Sebocio respondía de ello!

Después de decir esas palabras, mira en dirección al científico con la esperanza de lograr desviar sobre él toda la ira explosiva del Jefe.

— Pero han acabado humillados por los tres de siempre...

—… ¡¡¡los superpelmazos!!! ¡Me jurasteis que esta vez lo conseguiríais! —gruñe Blacky, muy AMENAZADOR.

—¡Jefe, Jefe! No nos dejemos abatir por esta tragedia, hum… ¡miremos los aspectos positivos! —exclama Sebocio.

Los miembros de la Banda de los Fétidos lo observan maravillados.

PERO... ¿QUÉ ASPECTOS POSITIVOS?

—pregunta Mákula.

—¡El test ha funcionado! ¡El experimento puede seguir **ADELANTE**!

Un suspiro de alivio recorre el escuálido cuerpo de Katerino. Con un **hilo** de voz, confirma:

—Es cierto... ¡el material que ha descubierto Sebocio ha logrado detener a los superhéroes! Al menos al principio...

—Y eso era lo que queríamos, ¡¿no es así?! —exclama radiante el científico.

Blacky levanta una ceja y al instante se ilumina:

—¡Pues claro! ¡¡El experimento ha funcionado!! ¡¡¡Ya podemos iniciar la fase dos!!!

S ebocio Cybercoscurro da unos saltitos entre los **CHARCOS**, se vuelve hacia los demás componentes de la banda, que lo miran incrédulos, y les hace una seña para que lo sigan.

¡VENID A VERLO CON VUESTROS PROPIOS OJOS!

Una vez dentro de su laboratorio, Sebocio levanta una gran probeta que contiene un pequeño retal de tejido **LUMINISCENTE**. La luz aprisionada en la muestra se refleja sobre las múltiples lentes del científico, iluminándolas con reflejos amarillentos.

—¿Y éste es tu brillante invento? —le suelta Mákula—. ¿Un pedazo de tela?

Sebocio exhibe su trofeo con aire **com-placido**.

—¡No es una tela cualquiera! Nuestras últimas armas han sido fabricadas precisamente a partir de este **FRAGMENTO**. Mediante una serie de complejos experimentos, he logrado replicar el material que contiene esta probeta y he construido la **FLOR** y las serpentinas de Comodín, además del hilo de Cose… ¡todas ellas armas originales e indestructibles!

—¿¡INDESTRUCTIBLES?!

Entonces ¿cómo es que los superratones se han desembarazado de ellas con tanta facilidad? —le replica Katerino.

—Por si no lo sabías, el HILO ha sido succionado por el traje del superratonzuelo. ¡Un buen invento, nadie puede negarlo!

Al científico le brillan los ojos:

—¿LO DICES EN SERIO? ¡ESO ES MARAVILLOSO!

Los ojos de Blacky se estrechan hasta convertirse en dos ranuras amarillas cuando retoma la palabra:

—¡Explícate mejor, cientificucho de las narices! ¡Se me está agotando la paciencia!

—¡GLUBS! Cla-claro, Jefe. Como todos recordaréis, hace tiempo capturamos a Supermetomentodo y nos apoderamos de su traje...*

*Sucede en el libro *El misterio del traje amarillo*.

—Sí, claro que lo recuerdo —contesta Blacky con voz lúgubre.

—¡Mientras era nuestro **PRISIONERO**, logré hacerme con un pedacito de su capa! ¡Y no fue fácil, os lo puedo asegurar! ¡Ese material es **único en el mundo**! —explica el científico de las ratas de alcantarilla.

Blacky interviene:

—¿Has logrado reproducirlo? ¡Eso significaría que disponemos de una arma letal para conquistar la ciudad!

—Por desgracia, existe un problema

—argumenta Sebocio, agachando la cabeza—. Como ya sabéis, el traje sólo funciona cuando lo lleva puesto Supermetomentodo —y prosigue, alzando el morro de golpe—: Pero...

—¡¿PERO...?! —le hace eco Katerino.

La Banda de los Fétidos está pendiente de las palabras de Sebocio. Visiblemente satisfecho por la atención, el científico se enfrasca con una amplia explicación:

—Pero, si modifico la fórmula del traje de Supermetomentodo para adaptarlo al Jefe, tal vez…

—¡¿TAL VEZ…?! —lo incita Mákula.

—… Tal vez podamos obtener un traje capaz de transformarse en todo lo que se le ordene. ¡Funcionaría como el traje de Supermetomentodo, pero con la diferencia de que *éste*, estaría PROGRAMADO para responder sólo al Jefe!

Blacky estalla en carcajadas:

¡JAR, JAR, JAR! ¡FANTÁSTICO! ¡UN HALLAZGO EXTRAORDINARIO!

Y acompaña la frase con una palmada en la espalda de Sebocio.

El golpe casi deja sin respiración al pobre científico, que prosigue con un hilo de voz:

—Sólo existe un pequeño **problema**...

El recién recuperado buen humor de Blacky
está a punto de desaparecer. Frunciendo las ce-
jas, el señor de Putrefactum pregunta:

—¿Qué problema?

—Para que funcione, deberé utilizar todo lo que
queda de la **MUESTRA**. ¡Y ya no tendremos más!

¡En cuanto tenga el traje, los muskratenses
huirán y no volverán jamás!

¡JAR, JAR, JAR!

¡Querida Mákula, conquistaré Muskrat City y te
la regalaré! ¿Estás contenta? —le pregunta Blacky.

—¿De verdad, Bomboncito? ¡Así era cierto que querías sorprenderme! Creía que este año también iba a recibir uno de tus habituales regalos cursis e inútiles, como aquella Torre Eiffel que…

Blacky agita las manos, interrumpiendo a su adorada Mákula:

—*¡Ejem, no temas, querida! ¡Y tú, al trabajo, Sebocio! ¡Muskrat City está esperando ser conquistada!*

Poco después, el laboratorio y toda la Roca de Putrefactum bulle de actividad. Se forman extraños **FULGORES** en torno a los aparatos de Sebocio, mientras manipula la probeta bajo la atenta mirada de Katerino y de Fiel. Al cabo de unas horas, de una larga serie de probetas y alambiques empieza a destilarse gota a gota un líquido de color verdoso. El rostro del científico se ilumina.

—¡POR FIN LO TENEMOS!

—dice, frotándose las manos.

Katerino, que se había mantenido al margen hasta ese momento, se despabila de golpe:

—¿Estás diciendo que el nuevo traje ya está listo?

—No, pero…

Katerino le da la espalda, decepcionado. Mientras vuelve a su puesto, Sebocio exclama:

> … pero ¡el proceso de transformación está casi completado! Sólo falta un minuto.

Sin embargo, sobre la cabeza de la rata de alcantarilla cae una gruesa gota de agua, seguida inmediatamente de una segunda y de una tercera. ¡Al cabo de unos instantes, revienta una tubería del techo y un potente chorro de agua HERRUMBROSA acierta de lleno en los aparatos de Sebocio! Se produce un cortocircuito en el sistema y, de pronto, el laboratorio se sume en la oscuridad. De entre las TINIEBLAS se alza la voz quejumbrosa de Katerino:

—¿QUÉ ESTÁ PASANDO AQUÍ?

Unas potentes cargas ELECTROSTÁTICAS parecen propagarse desde el retal amarillo del traje, que sigue expandiéndose y expandiéndose y expandiéndose… Sebocio activa el generador de **EMERGENCIA** y la sala vuelve a iluminarse. Katerino y él retroceden atemorizados hasta dar con la espalda en la pared, sin perder de vista algo que se **YER-GUE** amenazadoramente sobre ellos. Fiel lo observa todo, imperturbable:

—Creo que a mi papaíto no le va a hacer mucha gracia este imprevisto, *etcétera*…

A la mañana siguiente, en la Mansión Quesoso, la **SUPERFAMILIA** al completo está reunida alrededor de la mesa de trabajo de Copérnica. En un rincón de la cocina, la cocinera-científica está **REVOL-VIENDO** entre sus ingeniosos aparatos. Brando y Trendy observan cómo saca distintos artilugios de una caja.

—Esto es un viejo polarizador... Esto es un **escáner** parabólico de infrarrojos... ¿Dónde estará lo que ando buscando? ¡Por mil meteoritos fritos!

Metomentodo, que sigue llevando el traje de Supermetomentodo por indicación de Copérnica, le alcanza un recipiente **semi-**

esférico de metal con dos asas e innumerables agujeritos:

—¿Buscabas esto, Coperniquita?

—No, eso es el colador de la pasta, querido…

—le responde Copérnica—. Pero… ¡claro! Ahora me acuerdo… ¡en el cajón de los cubiertos!

—¿EN EL CAJÓN DE LOS CUBIERTOS?

—Salmones y supercordones, ahí fue donde dejé mi superdetector…

Brando, con medio **BOCADILLO** de queso en la mano y el otro medio en la boca, da su opinión:

—¡A mí me parece más bien **UNA PLANCHA**!

Sin embargo, a diferencia de una plancha normal, el superdetector está equipado con unos especiales sensores LUMINOSOS.

Sin perder un minuto, Copérnica acciona el artilugio y lo acerca con cautela a la capa de Supermetomentodo.

—Con esto podremos averiguar por qué el traje ha absorbido las armas de las ratas de alcantarilla.

PERO ¿NO SE TRATA DE UNO DE LOS PODERES DEL TRAJE?

—le pregunta Trendy.

—¡De eso nada! Mi abuelo Tycho, que lo inventó, nunca me habló de tal poder.

Copérnica pasa el detector por la superficie de la capa. El tejido se FRUNCE, formando un montón de pequeños pliegues ondulados.

¡SUPERJEFE, ESE ARTILUGIO ME HACE COSQUILLAS, JE, JE!

—protesta el traje con tono jocoso.

—Humm… —dice Copérnica—. Es muy extraño. ¡Aquí hay algo que no me cuadra!

—¡ÑAM, ÑAM! Pero ¡se trata de un fenómeno que nos ha resultado de ayuda! Sin ese extraño poder, no habríamos podido introducirnos en el Muskrat Palace, ni liberarnos de los hilos de Comodín… —afirma Brando, entre bocado y bocado.

—¡ASÍ SE HABLA! —exclama el traje, sin dejar de agitarse a causa de las cosquillas.

—¡A ver si te estás quieto! —le ordena Supermetomentodo.

El tejido se afloja, con un suspiro resignado.

—*Ufff...*

COPÉRNICA RETIRA EL SUPERDETECTOR.

—Qué raro... no he hallado el menor rastro de agentes extraños, ¡ni en la superficie ni entre las fibras del traje!

—¡Ya os lo había dicho yo!

—protesta el traje.

—Entonces, todo aquel hilo amarillo... ¿adónde fue a parar? —se pregunta Supermetomentodo. Copérnica abre los brazos, resignada:

—¡No le encuentro ninguna explicación! Es como si hubiera pasado a formar parte del TRAJE. Nunca antes había sucedido algo así... ¡ni siquiera con tu antepasado Master Rat!

Brando, que parece recuperado del resfriado, **engulle** el último pedazo de bocadillo:

–¡ÑAM!

No vale la pena preocuparse, ¿verdad, primo? «Imprevisto como un billete premiado de lotería es... ¡qué maravilla si jugado lo tienes y qué terrible si olvidaste jugar!»

Supermetomentodo sonríe:

—¡Si eres capaz de citar al Maestro Huang de memoria, significa que tu RESFRIADO va mucho mejor!

—¡Por supuesto! ¡Ya veréis, en seguida estaré como nuevo! —responde el roedor, tratando de adoptar una expresión resuelta.

Pero un instante después comienza a arrugar el morro y a TORCERLO de izquierda a derecha.

Entonces abre la boca de par en par y de su interior surge un tremendo

¡¡¡AAA... CCHÍSSS!!!

Alambiques y vasos salen despedidos de la mesa y acaban en el suelo.

—¡Es más grave de lo que pensaba! —les dice Copérnica.

—¡Con resfriado o sin él, el deber nos llama! —grita Supermetomentodo mientras señala la pared de la cocina.

Efectivamente, junto a la pared de encima de los fogones, se acaba de **MATERIALI-ZAR** una «S» luminosa, proyectada por el reloj de pulsera de Supermetomentodo.

—¡Es la superalarma, primos! ¡Ahí afuera está pasando algo!

—*Oh, nooo... ¡Achís! ¿¿Esas ratejas de alcantarilla no podrían esperar a que dejase de llover??*

Copérnica frunce la frente:

—Muchos ataques en poco tiempo: esta vez parecen muy decididos...

Trendy **SALTA** del taburete.

—¡Vamos, superprimitos! ¡Nos necesitan!

E l scooter de Magnum atraviesa la cortina de agua por encima de los tejados de la ciudad **¡ZUMBANDO COMO UN MISIL!**

—¡Espero que toda esta agua no cale el motor! —grita Yo-Yo, dirigiéndose a Magnum.

—**¡SPLUT, SPLUT!** ¡Por ahora, el problema más gordo es el agua en la cara! —responde él.

—¡Tranquilos, ya me encargo yo! —grita a su vez Supermetomentodo, que puede seguirlos gracias a sus botas transformadas en tabla de **SURF**. Al cabo de unos segundos, su traje se convierte en un gigantesco parasol de playa que cobija a los tres superhéroes.

—¡Ahora sí que vamos bien! —dice Magnum eufórico y da una voltereta para celebrarlo.

¿CUÁL ES EL SIGUIENTE PASO?

—grita Yo-Yo, tratando de hacerse oír en el fragor del AGUACERO.

—He llamado al comisario Musquash —informa Supermetomentodo—, al parecer, hay algún problema en el Cine Rat Colonial.

El heroico trío observa desde arriba el ultramoderno cine multisala. Magnum eleva el scooter hacia el cielo cargado de nubes y a continuación se lanza en PICADO. Con el viento azotándole el morro, Supermetomentodo grita:

—¡¡¡Se trate de lo que se trate, tenemos que estar preparados!!!

Los tres superhéroes se encuentran ante un espectáculo INCREÍBLE: del cine se elevan

gritos de terror, mientras una avalancha de roedores se precipita hacia la calle, presa del pánico.
Yo-Yo grita a sus compañeros de aventuras:

—¡¿Quién ha podido crear todo este desbara-
juste?!

Magnum, con el morro pegado al manillar del
sc**OO**ter, exclama:

—Pronto lo descubriremos, Yo-Yo, y si tienes
alguna idea...

Pero el pobre Magnum de repente se queda bo-
quiabierto. Una gigantesca e uniforme MASA
AMARILLENTA se desborda por las sa-
lidas de emergencia del Cine Rat Colonial, en-
gullendo cuanto encuentra a su paso.

**¡Bananas siderales!
Pero ¡¿esto qué es?!**

—grita Supermetomentodo al ver el amasijo
amarillo que avanza arrollando farolas y coches
aparcados.

—¡Si se tratara de algo comestible, diría que es una *fondue* gigante! —exclama Magnum.

—¡Más que comida, Magnum, esto parece un monstruo bastante pesado de digerir!

—**¡Chissst!** —les chista Super-metomentodo—. ¡Se dirige al supermercado!

En efecto, la masa amarilla se está desplazando **RÁPIDAMENTE**.

—¡Yo-Yo, Magnum, despejad la zona: poned a los ciudadanos a cubierto! —vocifera Super-metomentodo.

—¿Y tú? —le pregunta la superroedora vestida de rosa.

—¡Yo **SEGUIRÉ** a esa cosa! ¡Ya se me ocurrirá cómo detenerla!

—¡Magnum, hagamos lo que ha dicho Supermetomentodo! —dice Yo-Yo, alejándose a toda prisa junto con su **SUPERCOLEGA**.

Supermetomentodo se encuentra cara a cara con la enorme e imparable masa amarilla.

—¡TE ORDENO QUE TE DETENGAS!

Pero, al parecer, el monstruo no ha captado la intimidación, pues sigue avanzando metro a metro.

—Oh-oh… ¡esta cosa no tiene intenciones de detenerse! ¡Al contrario!

El monstruo informe se transforma en una ola gigante y se dispone a abatirse sobre el pobre superhéroe.

–¡TRaJe! ¡MODaLIDaD SURF!

—exclama Supermetomentodo y al instante se encuentra en la cresta de una ola, con la capa convertida en una tabla de surf.

—¡Que no cunda el pánico! ¡Está todo bajo control! —les grita Supermetomentodo a sus compañeros—. ¡Lo tengo, lo tengo, lo teng oooooo!
—exclama, un momento antes de
ser catapultado hasta el supermercado, donde

acaba enrollado en su propia capa… ¡en la sección de CONGELADOS!

Mientras tanto, la masa amarillenta parece haberse ocultado entre los estantes del establecimiento.

—¿Adónde habrá ido a parar esa subespecie de queso fundido? —se pregunta Magnum. Pero ¡justo al acabar la frase, se ve obligado a esquivar una botella tamaño familiar de detergente!

—¡Eh, por lo visto lo tuyo no es hacer la colada!
La gran masa, que ha adoptado la forma de un
TORBELLINO, atraviesa ahora el
mostrador de la fruta, creando un caos sin precedentes. Los superhéroes **OBSERVAN**
desconcertados aquel tornado de frutas girando a su alrededor, como una gigantesca centrifugadora volante. Un racimo de plátanos se
despachurra a los pies de Supermetomentodo,
que acaba de levantarse.

**—¡ESTO ES DEMASIADO!
¡NADIE PUEDE DESTRUIR UNA
CANTIDAD DE PLÁTANOS ASÍ
E IRSE DE ROSITAS!**

—exclama el héroe, mientras camina con paso
decidido hacia el vórtice.

A medida que Supermetomentodo avanza, el remolino parece **DESACELERAR-SE** progresivamente. En su interior se perfila una silueta indefinida: resulta difícil decir a quién o a qué pertenece.

Los superroedores AGUZAN la vista, tratando de descifrar el aspecto de su adversario…

—PERO ¡SI NO TIENE CARA!

—exclama Yo-Yo, sobrecogida.

—¡Está claro que no es una rata de las cloacas!

—grita Magnum con un ESTORNUDO.

Ante ellos se yergue la más increíble de las amenazas a que se han enfrentado hasta el momento: una masa GOMOSA sin forma, de color amarillo y de colosales proporciones. Unas EXTRAÑAS ramificaciones se agitan en su superficie, cambiando de aspecto continuamente.

—¡Es… una especie de BLUP MULTIFORME! —murmura Yo-Yo, que se ha quedado sin aliento de la sorpresa.

La masa informe se ve sacudida por un tembleque y finalmente se detiene frente al terceto.

Hummm...

¡Yo diría que no parece muy predispuesto al diálogo!

—observa Supermetomentodo.

—Estate atento, Supermetomentodo, esa cosa no **bromea**...

Pero el heroico superroedor no tiene **MIEDO**. Se acerca al amasijo gelatinoso hasta poder tocarlo con un dedo.

En ese momento, el «blup» blanduzco se transforma y parece abrir de par en par una boca enorme. Emite un sonoro rugido:

¡GROOOWL!

Supermetomentodo se enfrenta a él de cara, mientras Magnum y Yo-Yo se agazapan detrás para huir de la ensordecedora **ONDA SONORA**.

En cuanto el rugido se extingue, Supermetomentodo se dirige a su enemigo.

—¡Chaval, tendrías que hacer algo con ese **ALIENTO**! ¿Cómo es posible que no hayas encontrado caramelos de menta en todo el supermercado?

—¡PUAJ! ¡QUÉ OLOR A CLOACA!

—añade Magnum.

—¡Bien dicho, Magnum! —comenta el superroedor—. Esta cosa apesta a alcantarilla y a sustancias **QUÍMICAS**. Y si mi instinto no me falla, nuestro amigo mutante viene directamente de Putrefactum, ¡por mil bananas lunares!

Por toda respuesta, el monstruo informe trata de **APLASTAR** al superhéroe, que lo esquiva por los pelos.

Supermetomentodo se vuelve hacia Magnum:

—¡Rápido, activa el Efecto Obstáculo!

PERO... ¡EL EFECTO «O» SÓLO FUNCIONA CON OBJETOS, NO CON SERES VIVOS!

—Sí, pero este chisme amarillo no es un criminal de cualquier género: solamente es un producto **ARTIFICIAL**, ¡me juego los guantes del supertraje!

—Vamos, dale un buen golpe y transfórmalo en confeti. ¡Así podremos acabar la misión en tiempo récord! —lo exhorta Yo-Yo.

El grito atronador de Magnum acaba ahogándose en una serie de accesos de tos.

¡OURGH! **¡COFF!**

¡COFF!

¡El resfriado está neutralizando los poderes del superhéroe de rojo!

Entre tanto, el «blup» amarillento burbujea y se lanza en **PERSECUCIÓN** de Supermetomentodo, que se ve obligado a huir por los pasillos del supermercado.

—¡Comprendo, ya me encargo yo! —exclama Yo-Yo, al tiempo que activa los patines y empieza a perseguir al monstruo.

Sin pestañear, la superroedora **ENVUELVE** a la masa amarilla con su yoyó. El golpe, preciso y eficaz como siempre, da de lleno en el objetivo.

—¡BUEN TRABAJO!

—grita satisfecho Supermetomentodo—. ¡Ahora ya no se nos escapará!

Pero el superhéroe se ha precipitado al afirmarlo: la masa, atada por el yoyó, empieza a **DERRETIRSE** como la cera de una vela.

—Oh-oh… —exclama Magnum.

Un charco amarillo se está **expandiendo** a la vista de todos.

—¿Y ahora, qué hacemos?

La mancha se hincha y cambia de aspecto… y esta vez, en el centro del supermercado aparece de pronto una **CATAPULTA** medieval.

—¡Bananas cósmicas! ¡Puede adoptar la forma que quiera! ¡Es como yo! —exclama Supermetomentodo mientras traga saliva un par de veces.

—*¡Como tú… pero muuucho más grande que tú, superjefe!* —añade el traje.

—¿Cómo lograremos detener a este «blup» transformista? —se pregunta Yo-Yo preocupada.

BLING

DLENG

CREEEK

Entre tanto, la catapulta, provista de ruedas, apunta inexorablemente hacia el superterceto. Supermetomentodo empuja a sus primos a un lado.

—¡ALEJAOS!

¡YA ME ENCARGO YO!

Los superhéroes dedican una pedorreta a la **PAPILLA** amarillenta, que ahora yace desintegrada. El emplasto ha quedado atrapado entre la maraña de hierros de los carros de la compra. ¡**PATALEA** y resopla como una locomotora, pero no puede liberarse!

—¡SE LO MERECE!

—dice Magnum, triunfal.

—¡Y ahora, vamos a intentar encerrarlo de una vez por todas! —añade Yo-Yo.

En las profundidades de Putrefactum, la Banda de los Fétidos está reunida al completo en el LABORATORIO de Sebocio. Uno, Dos y Tres acaban de secar el agua acumulada en el suelo y el pobre científico está VOLVIENDO A CONECTAR sus aparatos, muchos de los cuales están irremediablemente dañados.

—¡JEFE, ESTOY DESOLADO!
HA SIDO UN ACCIDENTE...

¡El techo ha cedido a causa de las filtraciones y una cascada de AGUA ha mandado mi experimento a la porra! —se justifica Sebocio ante un sombrío Blacky Bon Bon.

—¡Habrá sido todo lo accidental que quieras, pero procura ponerle remedio, **científico** de pacotilla! ¡¡¡Debemos recuperar esa masa amarilla a toda costa!!!

¿POR QUÉ NO LA LLAMAMOS MORFUS?

—interviene Fiel en ese momento—. ¿Te gusta el nombre que le he puesto, papi?

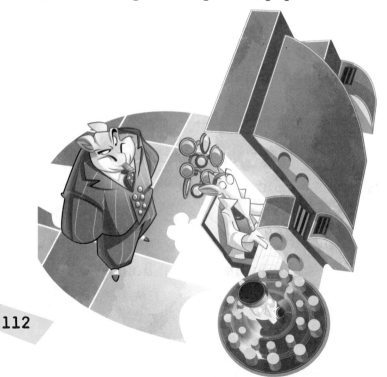

Rojo como un pimiento, Blacky vocifera:

—¡Sea cual sea su nombre, recuperadlo! ¡Haced que ese chisme aniquile a los **SUPER-HÉROES** y conquiste la ciudad! ¡Se lo he prometido a Mákula!

Para tranquilizar al Jefe, Sebocio explica que eso es exactamente lo que está intentando hacer:

—¡He implantado un chip de control en el **FRAGMENTO** de traje que ha generado a Morfus! Ahora sólo hay que conectar de nuevo los instrumentos para saber adónde ha ido a parar. ¡Ya está!

Las máquinas de Sebocio **VUELVEN A ENCENDERSE** emitiendo un zumbido. Blacky se **MORDISQUEA** las patas con aprensión; Mákula y Katerino siguen los acontecimientos desde una distancia prudencial.

De pronto, el Jefe exclama horrorizado:

—Aquí huele muy raro… ¡Elf, Burp! A ver, no os habréis…

¡AAAAARRRGHH!

¿Cómo os atrevéis? ¡Mirad la que habéis formado! Esta vez os voy a coger y os...

Mákula sale en defensa de sus monstruitos de compañía:

—¡Déjalos en paz, Blacky! No han sido ellos: ¡es el olor a quemado de los cables eléctricos! ¿A que sí, pastelillos míos?

—¡CRIATURAS PESTILENTES!

—masculla Blacky, tapándose la nariz.

A poca distancia, Sebocio sigue trasteando con sus INSTRUMENTOS científicos. Está consultando una serie de monitores donde aparecen unas líneas verdosas.

—Ya está, Jefe; mi detector indica que hum... ¡Morfus se encuentra en un supermercado de la superficie! Por los niveles de energía que desprende, diría que ¡está luchando contra alguien!

—¡Los superpelmazos! ¡Deben de haber dado con él! ¿Qué sugieres que hagamos?

El científico se rasca la cabeza:

—¡En vista de sus bajos niveles de **ENER-GÍA**, creo que Morfus necesita reposo! ¡Podría ordenarle que se oculte, esperar a que se recargue y hacer que ataque en otra parte de la ciudad!

—**¡ESO ES!** —exclama Blacky—. ¡Me has leído el pensamiento, Sebocio! Yo había pensado lo mismo. ¡Aaah… si no fuera por mí!

Entre tanto, en el supermercado, la masa amarilla de Morfus se está recobrando. VIBRA y TIEMBLA como una gigantesca gelatina; finalmente, adquiere una consistencia semilíquida. Yo-Yo la mira horrorizada.

—¡Puaj! ¡Mirad allí!

—¡Se está DISOLVIENDO! —balbucea Magnum sonándose la nariz.

—No sólo eso… ¡está tratando de escapar! —exclama Supermetomentodo.

En efecto, Morfus empieza a desparramarse entre los hierros torcidos de los CARRI-TOS de la compra que lo mantenían aprisionado. ¡Al cabo de un instante, éste ya se ha liberado!

Se desliza y corre como un RIACHUELO en un canal de desagüe.

—¡Rápido, detengámoslo!

—¿Y cómo lo hacemos, Supermetomentodo? ¡Se está colando en el sistema de ventilación! ¡No podremos alcanzarlo! Y mucho menos atraparlo…

—Recordad: ¡no hay nada imposible para los superhéroes! Seguro que esos conductos DE-SEMBOCAN en alguna parte…

Magnum se ha asomado a una de las amplias cristaleras del supermercado.

—¡En efecto, está allí abajo! Se está arrastrando por el aparcamiento de la parte de atrás.

—¡Superhéroes, vayamos tras él!

Pero cuando los tres irrumpen en la zona ya no encuentran nada. Bajo la intensa 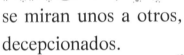,
se miran unos a otros, decepcionados.

—¡No nos !
—exclama Yo-Yo—. Estoy segura de que nuestro huidizo adversario se dejará ver más pronto de lo que quisiéramos…

En ese instante, se oye un **TIMBRE** proveniente del traje de Supermetomentodo. La capa se convierte en un gran auricular telefónico.

—*¡Es para ti, superjefe!* —le informa el traje.
En el receptor se oye la voz de Copérnica.

SUPERMETOMENTODO, ¿VA TODO BIEN? ¿QUÉ TAL AVANZA LA MISIÓN?

—¡El peligro está resultando más… huidizo de lo habitual! Cambia continuamente de forma.

—¡Protones y canelones! ¡Tengo un mal **PRE-SENTIMIENTO**! Pero para confirmarlo necesitaría analizar una muestra de esa cosa…

Supermetomentodo le responde desconsolado:

—Desgraciadamente, esa papilla móvil se ha es-cabullido hasta desaparecer por completo…

—Tengo la impresión de que el material con que está hecho el **MONSTRUO** es el mismo que se ha empleado para fabricar las armas de Comodín y de **Corte&Cose**. ¡Las ratas de alcantarilla deben de tener metidas las zarpas en algo nuevo!

Yo-Yo interviene y **ARRANCA** de las manos de su colega el traje-teléfono.

—¿En realidad piensas que se trata de la misma cosa, Copérnica? Por lo tanto ¡tenemos la solución al alcance de la mano! —afirma satisfecha, la roedora—. ¡Aunque no logremos obtener una

MUESTRA de ese amasijo amarillo, podemos hacer que Copérnica analice las armas que ayer les requisamos a las ratas de cloaca!

Supermetomentodo exclama:

—¡Pues claro! ¡Antes de volver a casa, pasaremos por la **PRISIÓN** de Muskratraz, donde custodian las armas!

Algo nervioso, Magnum objeta:

—¿Muskratraz? ¿No resultará **PELIGROSO**?

Supermetomentodo corta la comunicación y baja el teléfono, que es reabsorbido por la capa. Se vuelve hacia sus amigos y les dice con resolución:

—**¡TODO IRÁ BIEN!** ¡Nada va a impedirnos que cumplamos con nuestro deber! Y el trío se dirige hacia el puerto a paso ligero.

V isto desde el mar abierto, el cielo cargado de nubes aún parece más tenebroso. Después de haberse transformado en **LANCHA NEUMÁTICA**, Supermetomentodo avanza veloz hacia la isla de Muskratraz; remolca a los otros dos superhéroes, que en el último momento se han hecho con unas tablas para surcar las **olas**. Yo-Yo inspira la brisa marina, ignorando la lluvia.

—¿NO TE PARECE DIVERTIDO, MAGNUM?

Tambaleándose sobre los esquís acuáticos, su primo le responde:

—¡La verdad... es que tengo algunos problemillas para mantener el **EQUILIBRIO**!

—¡Concéntrate en nuestro destino! —le **GRI-TA** Supermetomentodo al verlo balancearse peligrosamente.

—... PRECISAMENTE INTENTO NO PENSAR EN ELLO. ¡ESE LUGAR ME PRODUCE ESCALOFRÍOS!

La oscura silueta de Muskratraz se va perfilando en el horizonte, entre las olas azules y verdes.

Es una isla-fortaleza, inhóspita y rocosa, circundada por **ISLOTES** de afilados rompientes, las Islas Grillo.

La gran cárcel que se yergue sobre el mar no constituye una visión muy agradable que digamos.

—Sólo de pensar en todas las ratejas de cloaca que hay **ENCERRADAS** ahí dentro...

—masculla Magnum entre dientes. Y a continuación le sobreviene otra serie de estornudos que están a punto de desengancharlo del **CABO** que lo une a la lancha.

Poco después, los superhéroes entran en la ensenada del muelle de Muskratraz; el terceto se aproxima al muelle de **CEMENTO**, y a continuación enfila una gran reja que los introduce en el interior de la famosa prisión de máxima seguridad.

Una vez superada la puerta de acero con control **ELECTRÓNICO**, se topan con dos guardias uniformados: entre ambos está el director de la prisión, Rodencio Rodríguez. El robusto roedor tiene una expresión adusta y severa. Pero en cuanto los ve, le sonríe a Supermetomentodo y le tiende la mano.

¡ENCANTADO DE VOLVER A VERTE, SUPERMETOMENTODO!

—¿Qué tal, director Rodríguez? Discúlpenos por tan inesperada visita, pero tenemos que, ejem, ¡recoger las armas de Comodín!

—¡Siempre dispuesto a echaros una mano, superhéroes! El director saluda a Magnum con un gesto y a continuación esboza una elegante REVERENCIA ante Yo-Yo; finalmente, se sitúa junto a Supermetomentodo y empiezan a recorrer la galería.

A medida que los superhéroes avanzan, unas pesadas puertas de acero se DESPLA- ZAN a un lado, abriéndose una tras otra.

—Como podéis ver —afirma Rodencio con orgullo—, aquí en Muskratraz las medidas de seguridad son a prueba de ratas de alcantarilla. ¡Nadie puede acercarse al depósito donde guardamos las armas que le habéis arrebatado a la Banda de los Fétidos!

El recorrido finaliza en una gran sala con paredes metálicas. El techo está repleto de cámaras

y sensores, dispuestos a dispararse a la menor señal de peligro.

En la sala se amontonan una serie de extraños artefactos que los tres héroes reconocen a la primera: el cañón DISPARAFRÍO de Ice Creamouse, la armadura de Panzer Rat* y otros muchos aparatos extravagantes utilizados por la Banda de los Fétidos.

El director comenta SATISFECHO:

—Las paredes son de cemento armado, revestido con paneles de acero de más de un metro de espesor. ¡¡¡No hay SUPERCRIMINAL capaz de echarle la zarpa a todos estos artefactos surgidos del talento de las ratas de alcantarilla, os lo garantizo!!!

Supermetomentodo observa la gran sala con OJO crítico.

Tras lo cual, señala una vitrina de cristal antibalas que contiene las armas recientemente incautadas a COMODÍN y a sus cómplices.

* Ice Creamouse y Panzer Rat fueron derrotados por los superhéroes en el libro *La invasión de los monstruos gigantes.*

—¡Director, necesi-
tamos disponer de estos
juguetes durante unas horas!
El director permanece en silencio unos instantes y por fin
se decide.

**—¡De acuerdo,
os las dejo!**

Yo-Yo observa la sala con curiosidad.

—Director Rodrígez, ¿qué le parecería hacer-
nos una **VISITA GUIADA** por la
cárcel? Sólo por echarle un vistazo, nada más…

Alarmado, Magnum interviene inmediatamente.

—Pero ¿qué estás diciendo, Yo-Yo? ¡Estoy seguro de que el director tiene cosas que hacer! Y
además… ejem, a nosotros también se nos ha
hecho tarde, ¿no?

—**TRANQUILO**, Magnum —tercia
Supermetomentodo—, ¡estoy seguro de que una

vuelta por Muskratraz nos resultará de gran utilidad!

El director enarca una ceja. A continuación, con su habitual parquedad, les hace una seña a los tres para que lo sigan hasta un ascensor.

¡RECONOCIMIENTO VOCAL, NASAL, ÓPTICO Y DE LAS OREJAS!

—dice, apoyando el morro en un mini-escáner empotrado en la pared.

Una célula fotoeléctrica **ROJA** parpadea unos segundos, antes de cambiar a **VERDE**.

—Sujeto reconocido: director Rodríguez.

AUTORIZACIÓN CONCEDIDA

—responde una voz electrónica.

Magnum hace una mueca: toda aquella eficiencia lo impresiona. Yo-Yo se limita a observar el interior de la cabina, **HIPER-TECNOLÓGICA**, como todo lo demás. Imperturbable, Rodríguez pulsa una **T E C L A** en el cuadro de mandos y el ascensor empieza a subir a toda velocidad.

Primero el resfriado...

—Ahora os enseñaré nuestras celdas superblindadas —explica parsimonioso a los tres superroedores.

— **¡GROAN!**

—exclama Magnum, protestando por la violenta aceleración de la cabina—.

... después el baile en el mar...

¡PRIMERO EL RESFRIADO, DESPUÉS EL BAILE EN EL MAR, Y AHORA TAMBIÉN EL ASCENSOR!

... ¡sólo me faltaba el ascensor!

Muchos pisos más arriba, el **ASCENSOR** se detiene con un leve rebote.

—Estamos en el sector de máxima seguridad —observa Supermetomentodo al salir.

El director asiente:

—En efecto, aquí tenemos a todas las ratas de **alcantarilla** de la Banda de los Fétidos, rigurosamente vigiladas día y noche. ¡Y tarde o temprano también alojaremos a su jefe!

> ¡Eso será difícil! A menos que logremos pillarlo con las manos en la masa. Pero es demasiado astuto...

Tras oír las palabras de Supermetomentodo, Rodencio Rodríguez observa las hileras de celdas idénticas, distribuidas a distintos niveles. Detrás de las paredes de cristal **IRROMPIBLE**, las ratas de cloaca reciben a los superhéroes con muecas y burlas.

Con voz firme, pero sin alzar el tono pese al alboroto de los detenidos, el director dice:

—Es típico de los Fétidos, dedicarse a conspirar desde la sombra. Permanecen ocultos y ordenan a sus esbirros que cometan los DELITOS. Por eso siempre consiguen ESCAPAR de la justicia…

El director se vuelve luego hacia Supermetomentodo: su rostro, por lo general SEVERO e impenetrable, ahora se ha distendido ligeramente.

—Pero actualmente la ciudad cuenta con una nueva generación de superhéroes: ¡tu equipo, Supermetomentodo! Estoy seguro de que todo volverá a su cauce.

¡SEGUIDME!

El director se ensombrece:

—En la celda marcada con una «X» se encuentra nuestro huésped más viejo y peligroso. Está aquí desde tiempos **INMEMORIALES**, mucho antes de que me convirtiese en director de Muskratraz: ¡Dicen que lo trajo a esta cárcel Master Rat en persona!

Al oír nombrar a su celebérrimo bisabuelo superhéroe, Supermetomentodo se sobresalta.

—¿Es eso cierto? Y... ¡¿de quién se trata?!

Rodencio no parece muy dispuesto a **RESPONDER**.

—Me gustaría explicárselo... pero ¡se ha hecho tarde! Debo volver a mi despacho. ¡Espero haberlos tranquilizado en cuanto a la eficiencia de nuestra **PRISIÓN**!

¡Mucha suerte! —concluye, estrechándole vigorosamente la pata a Supermetomentodo.

Y, dicho lo cual, desaparece en un ascensor **SUPERBLINDADO**.

—Bueno, —recapitula Supermetomentodo— ya podemos levar anclas de aquí. ¡Llevémosle a nuestra buena Copérnica las armas de Corta&Cose y la flor de Comodín!

—¡OKEY A LA ENÉSIMA POTENCIA! ESTE LUGAR EMPIEZA A QUEDARME UN POCO ESTRECHO...

—admite Yo-Yo con alivio.

—¡¡¡A quién se lo vas a decir!!! —añade enfáticamente Magnum, que concluye con un potente

¡AAACHÍS!

A nte una cena exquisita, los tres primos, que han recuperado sus identidades cotidianas, charlan como **COTORRAS**.

La infatigable Copérnica se ha pasado la tarde entre sartenes y aparatos de alta tecnología en su COCINA-LABORATORIO, donde ha sometido a un escrupuloso examen los objetos que han traído de Muskratraz. Mientras se dispone a servir el segundo plato, explica:

> LAS PRUEBAS DE LAS ARMAS DE LAS RATAS DE CLOACA CONFIRMAN MIS SOSPECHAS.

Metomentodo se queda inmóvil con el tenedor en el aire:

—¿Quieres decir que sus nuevas **AR- MAS** están hechas del mismo material que esa cosa?

—No sólo eso, queridos chicos —afirma Copérnica—, hay un motivo por el cual todas las nuevas armas son amarillas…

—¿ES DECIR…?

—inquiere Magnum, ansioso.

—¡Que provienen de tu traje, Metomentodo!

Metomentodo, que se estaba bebiendo un gran **VASO** de agua, se lleva tal sorpresa que escupe el contenido encima de sus primos.

—¡EH! —salta Trendy—. ¡A ver si llevas más cuidado, primito!

—El superdetector ha hallado un rastro residual de energía distinta de la que suele emplear

Sebocio —prosigue la cocinera—. ¡Esta vez coincide con la de tu traje!

Metomentodo se queda completamente pasmado ante esa revelación:

—Pero ¿cómo es posible?

—Sabíamos que la energía empleada por las ratas de cloaca es una **ENERGÍA ESTELAR** parecida a la nuestra —retoma la palabra Copérnica—, pero esta vez, el rastro energético es ab-so-lu-ta-men-te idéntico. ¡Estáis luchando contra una evolución **«PERNICIO-SA»** del traje de Supermetomentodo!

—¡¡¡Por eso tiene mis mismos poderes de transformación!!! —estalla Metomentodo—. Un momento… ¿Os acordáis de aquella vez que acabé entre las zarpas de los Fétidos?

—¡PUES CLARO! ¡CÓMO OLVIDARLO!

—responde Trendy.

—¡Sebocio encerró mi traje en un burbuja de energía!

—¡Protones y canelones! ¡Lograría arrancar un pedacito y estudiarlo! —concluye Copérnica, ajustándose las gafas a la nariz con aire pensativo.

—**¡ACHÍS!** ¡Lo que nos faltaba! ¡Tenemos que luchar contra un monstruo que tiene los mismos poderes que Supermetomentodo... y yo no soy capaz de activar los míos! —se lamenta Brando, que incluso ha perdido el apetito.

Su primo reflexiona:

—Hummm... Ya, ya, ya: ahora se explica por qué mi traje absorbió las armas de Comodín y de sus cómplices. ¡En cierto sentido, ya formaban parte de él!

En ese instante, el Maestro Huang, que no ha podido evitar fijarse en los rostros sombríos de los tres héroes y de Copérnica, entra en la cocina.

—¿A qué estas caras tan **LARGAS** vienen? —pregunta perplejo.

—¡Maestro Huang! Acabamos de descubrir que aquella gran masa amarilla surgida de las alcantarillas posee los mismos poderes que Supermetomentodo porque... ¡es un pedazo de su capa! ¡Será como combatir contra sí mismo! —gimotea Brando de modo muy poco heroico.

El sabio Huang medita en silencio mientras se alisa la perilla. Finalmente murmura:

—Recordar debéis que superpoder como andar en bicicleta es...

Los primos, intrigados, esperan con ansiedad la continuación de la frase.

—¡SI ANTES LOS FRENOS NO CONTROLAS, GRAN PROBLEMA PUEDES LLEGAR A TENER!

Metomentodo se queda observando unos instantes el retrato de Quesosardo Quesoso y medita en silencio.

—¡El Maestro Huang tiene toda la razón! —exclama, levantándose de golpe.

Señala **TRIUNFAL** con su dedo índice hacia arriba y mira fijamente a sus familiares, uno por uno.

—¡La clave para vencer es justamente ésa!

¡Tenemos que mantener el control de los poderes en lugar de **COMBATIRLOS**! —dice, triunfal.

Y entonces, las miradas de la superfamilia se dirigen hacia el centro de la mesa: la gran ◄◄ S ►►

luminosa del reloj de pulsera de Metomentodo acaba de encenderse.

—¡El deber nos reclama! —grita nuestro héroe.

—¿SIN ESPERAR EL POSTRE?

—protesta Brando.

Pero sus primos ya han ido corriendo a cambiarse.

Copérnica exclama:

—¡Espera Brando! ¡Tómate este

 para el resfriado! Pero has de usarlo en el momento preciso: ¡tiene un efecto potente, pero limitado en el tiempo!

El superroedor asiente y se guarda el frasco en un bolsillo antes de bajar a cambiarse a la Base Secreta.

Morfus, que ya vuelve a estar bajo el control de Sebocio, está a punto de perpetrar un nuevo ataque. Esta vez, transformado en un enorme **TIBURÓN**, nada a toda velocidad entre las embarcaciones atracadas en el puerto de Muskrat City. Se dirige seguro hacia su **OBJETIVO**, que no ha sido escogido al azar. Se trata de un lujoso yate, anclado en mar abierto y estrechamente vigilado por robustos miembros de **seguridad**.

Pertenece a Florido Silvertail, uno de los roedores más ricos de **Muskrat City**. El multimillonario está celebrando una de sus célebres fiestas de beneficencia: sus invitados son los muskratenses más renombrados de la ciudad: industriales, actores, cantantes y vips de toda especie. Los asistentes están reunidos en el puente cubierto del barco, intercambiando ocurrencias y **CHISMORREOS**, con la música de fondo de una orquestina de jazz. La famosa cronista Charlina Charlotona está entrevistando al melindroso ESTILISTA Yves Ratt-Roedrén.

—… y como le iba diciendo, la experiencia de ayer fue **HO-RRI-BLE**. Esa rata de cloaca carente de gusto arruinó por completo mi novedosa colección —comenta el roedor con afectación, mientras hurga en el bufé, en busca de deliciosas **PAS-TAS DE TÉ** al queso.

El modelo fotográfico Tronio Hermoso también quiere meter baza:

—¡Yo también estaba, no fue nada! ¡Si no llegan a intervenir los superhéroes, yo mismo me hubiera encargado de meter en cintura a esos morros **TAN FEOS**!

Nadie sabe que, en realidad, durante el desfile, Tronio estaba demasiado ocupado lloriqueando bajo las sillas.

¡SCRASSSH!

De repente, el suelo de la sala de baile se inunda por efecto de una enorme barrena amarilla que ha perforado el casco.

Los roedores GRITAN a coro y la orquesta enmudece de golpe.

La barrena se inclina y, a continuación, parece derretirse como una inmensa vela. El LÍQUIDO se apelmaza en el puente y adopta una nueva forma: ahora es un PULPO gigante.

Entre tanto, abajo, en el subsuelo, en la Sala del Trono, Blacky le está gritando a un extraño ARTILUGIO que parece el cruce de un megáfono y un portero automático.

Gracias a ese aparato, el Jefe puede hablar, oír y ver a través de Morfus, controlándolo todo:

—¡Que nadie se mueva! —ordena Morfus con la voz de Blacky—. ¡No quiero haceros ningún DAÑO... sólo estoy aquí para llevarme a Turbera Derratis! En cuanto la haya quitado de en medio, Muskrat City tendrá una nueva alcaldesa... ¡Mákula Bon Bon!

—¡Un nuevo ATAQUE! ¡Esto no hay quien lo aguante! —grita exasperado Yves Ratt-Roedrén y al instante cae DESMA-YADO, como de costumbre.

El pulpo asoma sus tentáculos entre la multitud, tratando de atrapar a Turbera, que sujeta al capitán del yate por las solapas, gritándole:

—¡Haga algo, RÁPIDO!

Pero el capitán está ATERRORIZADO. Sólo es capaz de apuntar con su dedo más allá del timón… ¡Más **VELOCES** que los rayos que caen sobre la ciudad, tres inconfundibles figuras enmascaradas se están acercando al yate!

—¡¡¡Los superhéroes!!!

—gritan los vips.

Morfus retrae los TENTÁCULOS y abre sus fauces de par en par frente a Supermetomentodo:

—¡Te estaba esperando, superratón! ¡Intenta detenerme ahora!

—Hummm… Reconocería tu voz entre miles —responde Supermetomentodo—, ¡eres Blacky Bon Bon! Hablas a través de esta masa amarilla, ¿no es así?

—¡Bravo, lo has adivinado!, pero esta masa amarilla tiene un nombre: ¡MORFUS!

Los invitados se echan a un lado como si fueran a asistir a un duelo. Los tres superhéroes se abalanzan sobre su ADVERSARIO.

Magnum trata de agarrarlo por los tentáculos:

—¡Lograré inmovilizarte sin la supervoz!

Pero su esfuerzo resulta inútil: Morfus se DISUELVE, el pobre Magnum se desliza sobre la superficie viscosa y sale despedido rodando. Después, emitiendo un sonoro

el monstruo vuelve a transformarse en pulpo y envía volando al escritor Joserratón Bacarrá a estrellarse contra la mesa del bufé.

—¡Buena jugada, Yo-Yo! —exclama alegre Su-permetomentodo, recuperándose de la terrible **PRESA** del monstruo.

Entre tanto, Morfus ha vuelto a convertirse en un amasijo informe… ¡que **BULLE** mientras se dispone a cambiar de forma!

Supermetomentodo, convertido en una gran bola de **BOLOS**, se desliza a lo largo de la superficie del puente y acierta de lleno en su adversario. Igual que un bolo, el «blup» sale disparado contra una ventana y se **PRECIPITA** desde la borda del yate hacia las aguas de la bahía. Pero un instante antes de hundirse, con una de sus ra-mificaciones captura a una rehén… ¡Turbera Derratis!

¡SCIUNFFF!

T odos los roedores a bordo del yate se agolpan en la proa, ignorando la lluvia.

—¡OH, NO, HA SECUESTRADO A LA ALCALDESAAAA-AAA

—gorjea la archifamosa cantante de ópera Campanilla Ratonov.

Supermetomentodo examina las **O S C U R A S** aguas que hay a sus pies:

—¡Bananas siderales! ¡La vida de Turbera Derratis está en nuestras manos!

—¿Tendremos que zambullirnos? ¿Y qué hay de mi RESFRIADO? —gimotea Magnum. Yo-Yo le suelta un codazo.

—No será que tienes miedo de **MOJARTE** el pellejo, ¿eh, Magnum?

154

—¡No es sólo eso! —exclama Supermetomentodo—. ¡Si su salud empeora, no podrá ayu-
darnos! Bajaré yo y nos mantendremos en contacto por radio.

—¡TRAJE, MODALIDAD SUBMARINO!

Y tras adoptar la forma de un submarino amarillo, Supermetomentodo se **SUMER-
GE** en las aguas. Un potente haz luminoso
surca la oscuridad, dejando al descubierto ca-
denas, anclas y quillas hundidas.

Desde las profundidades de la bahía, Supermetomentodo contacta por radio con sus supercolegas:

—No veo nada, sólo ALGAS y **RESI-
DUOS**… ¿y vosotros?

—¡Nada! —le responde Yo-Yo desde el yate.

—Aunque pueda cambiar de forma, no debería
cambiar de color, ¿no es así? —dice Magnum.

—¡Eso es! ¡Tenemos que buscar algo AMA-
RILLENTO!

Magnum mantiene la nariz pegada a la barandilla:

—¿Amarillento… como aquel bote **neumáti-co**, allí, al fondo?

¡En efecto, a ras de agua, una lancha neumática de ese color avanza como una **FLECHA**, y en su interior, atada y amordazada, está Turbera Derratis!

—¡Ha tratado de despistarnos! —exclama Supermetomentodo—. Mientras yo lo **BUSCABA** debajo, él estaba encima. ¡Voy a emerger de inmediato!

Pero en cuanto Supermetomentodo salta entre las olas, Morfus se percata de que ha sido descubierto. La lancha neumática se **INFLA** como un balón y se eleva por encima del agua salada.

El superratón trata de sujetar a Turbera, pero es demasiado tarde. Morfus deja escapar el aire de la lancha y sale disparado como un globo.

¡PRRRRRFFFT!

—¡Socorrooo! —chilla Turbera, asustada.

—¡Traje! —vocifera Supermetomentodo entre las olas.

—*¡Siempre a tus órdenes, superjefe!*

—¡MODALIDAD DIRIGIBLE!

De las aguas de la bahía se eleva un dirigible amarillo con la cara de Supermetomentodo.

—¡Agarraos! —les comunica nuestro héroe a los colegas que permanecen en el yate.

Los superhéroes ven la silueta AMA-RILLENTA de Morfus desapareciendo tras un rascacielos y sembrando el pánico entre una multitud de roedores.

—¡Ya no lo veo! —exclama Yo-Yo.

Supermetomentodo aterriza, recupera su aspecto habitual de **SUPERHÉROE**, y empieza a examinar las caras de los muskratenses que deambulan por allí.

Entre tanto, en la Roca de Putrefactum, Blacky Bon Bon está **RODEADO** de sus esbirros.

—¡Esos superdesastres nos andan pisando los talones! —ruge—. ¡Tenemos que hacer algo!

—¡Acuérdate de que me has prometido Muskrat City como **REGALO**! —lo apremia Mákula.

Rechinando los dientes, el jefe de los Fétidos reflexiona sobre el siguiente paso que debe dar.

Entre tanto, en la Muskrat Plaza los superhéroes prosiguen su búsqueda.

—¡Bananas cósmicas! ¡Con tanta gente y con tantos paraguas abiertos es difícil de localizar! Entonces, un extraño **IMPERMEABLE** amarillo llama la atención de nuestro héroe.

—¡Dentro de ese impermeable está Derratis!

¡TRAJE, MODALIDAD PUNTERÍA!

La capa de Supermetomentodo se transforma en una gran **FLECHA** que apunta a su objetivo, mientras el impermeable (con la alcaldesa dentro) enfila una callejuela que, a la llegada de los superhéroes, parece estar desierta.

Con pies de plomo, Yo-Yo se aproxima a una **PAPELERA** amarilla, pero en cuanto va a abalanzarse sobre ella le salen dos patas y el recipiente echa a correr, dobla la esquina y vuelve a esfumarse.

Magnum se desploma sobre una farola.

—**¿BUFFF?** Estoy harto de jugar al escondite con esa cosa…

—¡Ánimo, Magnum! ¡No abandones ahora que estamos tan cerca! —lo **ANIMA** Yo-Yo, mirando a su alrededor.

Los tres superhéroes reanudan la búsqueda. La papelera-Morfus (siempre con la alcaldesa dentro) se estremece. Katerino intenta hacer razonar a Blacky Bon Bon, que está pilotando a Morfus.

—¡Jefe, será mejor abandonar a la rehén antes de que los superratones alcancen a Morfus!

—**¿SGRUNT?** Sí, sí... pero ¡primero tendrán que cogerlo! —brama Blacky.

—**¡Superpelmazos!** —anuncia la pérfida rata de alcantarilla a través de la masa conocida como Morfus—: Vosotros escogéis, ¡ocontinuáis **PERSIGUIÉN-DOME**... o recuperáis a esta ratonzuela de tres al cuarto! —Y entonces se sacude, lanzando por los aires a Turbera Derratis.

Los tres héroes se quedan **PETRI-FICADOS** durante unos segundos; pero rápidamente Supermetomentodo, como auténtico líder que es, toma las riendas:

—¡Magnum, Yo-Yo! ¡Seguid a Morfus, de la alcaldesa ya me encargo yo! ¡Rápido, traje!

¡MODALIDAD COLCHONETA DE CAMPING!

—¡No se preocupe señora alcaldesa! ¡Estoy aquí! ¡Todo irá bien, no tenga miedo! —la tranquiliza Supermetomentodo.

¡PLOF!

Antes de que la alcaldesa se dé cuenta, Supermetomentodo, junto con Magnum y Yo-Yo, ya están persiguiendo de nuevo a Morfus, que se

163

ha transformado en una potente **MOTO** de carreras.

¡VA HACIA EL JARDÍN BOTÁNICO!

—grita Yo-Yo.

El terceto se adentra entre las plantas. En el silencio cargado de tensión, resuena el repiqueteo de la lluvia que azota los cristales del invernadero.

Jardín Botánico

Yo-Yo, que siente auténtica pasión por la **BO- TÁNICA**, mira a su alrededor, extasiada.

—¡Mirad qué maravilla!

—¡Nunca había visto un **ÁRBOL** de ese color! —exclama Magnum, señalando hacia un rincón—. ¡Es Morfus, por mil plataneros! **¡A POR ÉL!**

El árbol de marras aferra con sus **RA-MAS** una gran maceta y la arroja contra los superhéroes.

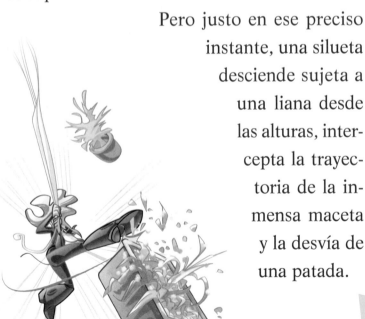

Pero justo en ese preciso instante, una silueta desciende sujeta a una liana desde las alturas, intercepta la trayectoria de la inmensa maceta y la desvía de una patada.

Con un sonoro **¡SPLUMF!** la maceta vuelve a su remitente y obliga al árbol amarillo a morder el polvo por unos instantes. Supermetomentodo obsequia a su compañera con una SONRISA.

—¡Estoy muy contento de volver a verte, Miss Blue!

La superroedora rubia sonríe:

¡Y YO ESTOY ENCANTADA DE ECHARTE UNA MANO, SUPERMETOMENTODO!

—¿A qué debo el placer de poder verte aquí? —le pregunta el superroedor, olvidándose de la confrontación y de dónde se encuentra.

—El **MAESTRO HUANG** me ha pedido que os trajera una cosa de parte de Copérnica...

—¿De verdad, de verdad? —dice Supermeto-mentodo, perdido en los **ojos azu-les** de la superroedora.

Lady Blue lo mira sin poder reprimir una cris-talina *CARCAJADA* que llena de gozo a nuestro héroe.

—¿Qué pasa, Supermetomentodo?

—Oh, es una historia larguita, larguita…

La voz de Morfus **RETUMBA** entre las paredes de cristal del invernadero:

—¡En cambio, vuestra historia está a punto de concluir!

Morfus ha vuelto a adoptar su aspecto informe de **SUPERGELATINA**.

—Hum… ¿me equivoco o esa cosa se está ex-pandiendo? —exclama Magnum con un matiz de **ANSIEDAD** en la voz.

Pero Supermetomentodo exhorta a sus compa-ñeros con determinación:

—¡Manteneos alejados, ya me encargo yo!

L a papilla amarilla llamada Morfus se está **AGRANDANDO** desmesuradamente. ¡No parece que pueda caber dentro del invernadero y las cristaleras empiezan a *rajarse*!

Los superroedores se precipitan fuera del jardín botánico para evitar que aquel «blup» amarillento los engulla.

TODOS EXCEPTO UNO

—¡Ponte a cubierto, Supermetomentodo! —grita Lady Blue, **ALARMADA**.

Pero el heroico defensor de Muskrat City permanece inmóvil frente a la furia de Morfus.

169

—¡Dejadlo que se acerque! —dice él, seguro e impasible.

Lady Blue, Magnum y Yo-Yo, lo miran **DeS-CONCeRtADOS**.

Morfus arremete contra él: Supermetomentodo se ve atrapado en la **GELATINA AMA-RILLA**, resbala y desaparece, envuelto por el enemigo.

AL VER LA ESCENA, LADY BLUE NO PUEDE REPRIMIR UN SOLLOZO.

170

Al cabo de unos segundos, que se hacen inter-
minables, la masa amarilla se sacude entera.
Sus gigantescos tentáculos se **AGITAN**
en todas direcciones, fustigando el aire… ¡y de
pronto el ser teledirigido empieza a derretirse!
En medio de ese **BLUP** se eleva la
voz consternada de Blacky:

—Pero… ¿qué está pasando, Sebocio? Estoy
perdiendo el control…

Morfus ya casi se ha licuado: blando e informe,
recuerda un enorme flan mordisqueado.

En la superficie, emerge una protuberancia parecida a una **GRAN** burbuja. De
ella surge Supermetomentodo con una orgullo-
sa expresión de victoria en el rostro.

El resto de superhéroes lo miran consternados.

—Pero ¿cómo has logrado…?

—¿Me estáis preguntando cómo lo he vencido? Es fácil: ¡sabiendo que es parecido al traje!

—**RESPONDE** él, guiñándoles un ojo a

sus supercolegas—. Me he dejado atrapar a propósito, como he estado tratando de hacer toda la noche. ¡Cuando por fin la masa blanduzca de Morfus ha entrado en contacto con mi TRAJE, he empezado a absorberla!

—¡Bravo! ¡Igual que hiciste con los hilos de Corte&Cose! —grita Yo-Yo mientras aplaude.

—**Exactamente**. Y cuando Morfus se ha mezclado con el traje, mi poder de control también se ha **TRANSFERIDO** a él. Puesto que, como ha dicho Copérnica, Morfus debe de ser un «derivado» de mi traje, se ha visto obligado a reconocer al verdadero jefe... ¡y cumplir la orden que le he dado!

—¡ACHÍS! ¿Y cuál era esa orden? —pregunta Magnum.

Supermetomentodo señala la papilla amarilla que se extiende a su alrededor:

—Está claro, ¿no? ¡Le he ordenado: «disuélvete»!

—¡REALMENTE BRILLANTE, SUPERMETOMENTODO!

—exclama Lady Blue con admiración.

Supermetomentodo se hace el modesto:

—Cosillas sin importancia, Miss Blue. Las típicas situaciones a las que solemos enfrentarnos los superhé…

Entonces mira al suelo. La **MANCHA** que había a sus pies se ha hecho muy, muy pequeña. Magnum la contempla estupefacto:

—¿Dónde se ha metido Morfus?

Supermetomentodo **RETROCEDE**, muy consternado, mientras su traje comienza a cubrirse de grandes burbujas. La capa se *arruga* adoptando extrañas formas. La boca de siempre aparece por un lado:

—¡AYYY! ¿Qué está pasando aquí?

—gime la capa con una vocecilla ahogada. Entonces, esa boquita se deforma y se ensancha monstruosamente, dejando al descubierto una hilera de dientes triangulares. ¡La *CAPA* se ha transformado en la boca de Morfus!

De ella surge la voz de Blacky:

—Puede que me hayas vencido y absorbido, **SUPERRATÓN**, pero, para tu desgracia, ¡aún no has acabado conmigo!

¡JAR, JAR, JAR!

Los superhéroes se quedan pasmados.

—¡Nos has prestado un gran servicio, superratonzuelo! ¡Incluso estoy **CONTENTO** de que me hayas vencido!

Tras lo cual, toma la palabra Sebocio Cybercoscurro:

—**SUPERROEDOR** de pacotilla, te doy mil gracias por tu gran idea. ¡Ahora que has absorbido a Morfus, podemos **CON-TROLAR** tu traje!

Supermetomentodo grita:

—**¡¡¡TRAJE!!! ¡NO ACATES SUS ÓRDENES!**

Pero es demasiado tarde. El traje, radiodirigido a distancia, ya no responde a sus órdenes. Por el contrario, se oyen los pérfidos comentarios de las ratas de cloaca:

—¡Prepárate para abandonar la escena, Supermetomentodo!

Supermetomentodo trata de rebelarse, pero no hay nada que hacer: ¡el traje ya no lo obedece! Siguen oyéndose las voces:

—A partir de ahora, te verás obligado a hacer todo cuanto te digamos. Es DIVERTIDO, ¿no? El heroico Supermetomentodo pronto se convertirá en la amenaza más terrorífica para los ciudadanos de Muskrat City…

¡NO! ¡YO LO IMPEDIRÉ!

—se opone Lady Blue, sujetando con fuerza el  que le ha entregado Copérnica.

E l traje se estrecha en torno a Supermetomentodo, transformándose en un gigantesco puño. El superhéroe forcejea en el interior de aquella mordaza, pero no puede huir.

—**¡JAR, JAR, JAR!** ¡Tenemos en un
puño al superplasta más fuerte de la ciudad!
Nos bastará con lanzarlo contra sus socios, ¡y
adiós superhéroes!

¡TE LO RUEGO LADY BLUE, MÁRCHATE!

—le suplica Supermetomentodo—. ¡No quiero
que me obliguen a **ATACARTE**!
—¡No va a pasar nada de eso! —responde ella
con gran seguridad.

Y mientras lo dice, saca su **arma** secreta, el objeto que le ha proporcionado Copérnica. Tras ella, Yo-Yo y Magnum ponen cara de asombro.

—Pero ¡si eso es… el **RAYO ENER-GÉTICO**!*

—Exactamente. El mismo que Copérnica construyó hace tiempo. Me ha explicado que su efecto anula temporalmente la energía de los **SUPERPODERES**…

Yo-Yo pilla el plan al vuelo:

—¡Es realmente genial, Lady Blue!

La boca dentada de Morfus hace una mueca de sorpresa:

—¿Eh? ¿Qué creéis que vais a hacer con esta baratija?

—EXACTAMENTE… ¡ESTO!

*Ya lo vimos en acción, en la aventura *La invasión de los monstruos gigantes*.

Lady Blue activa el Rayo Energético y lo apunta hacia el inmovilizado Supermetomentodo.

¡WHOOOSHH!

El traje oscila, pasa por un sinfín de transformaciones y, finalmente, pierde sus poderes. La voz de Blacky grita:

—¡¿QUÉ LÍO HABÉIS MONTADO ESTA VEZ?! ¡NOOOO!

No puedo soportar otro fracaso...

Entonces se oye la voz estridente de Sebocio:

—¡Rápido! ¡Tenemos que separar a Morfus del traje!

—¡¡¡Deja los mandos!!! **YO** soy el que maniobra... —grita Blacky.

A continuación, un grumo amarillo se despega de Supermetomentodo y trata de salir por piernas, convertido en una gran **ARAÑA**.

Yo-Yo exhorta a Magnum:

—¡Vamos allá! ¡Ahora nos toca a nosotros!

—¿Eh? ¡Achís! Tienes razón... ¡Copérnica me ha dado el **SUPERJARABE**! Me ha dicho que no lo usara hasta el momento preciso.

—Bueno... ¡yo diría que es ahora!

Magnum se saca del bolsillo el frasco con el líquido y se lo bebe sin respirar.

¡Eh, además está buenísimo!

—¡Espabila, Magnum! —exclama Supermetomentodo, cuyo traje, carente de poderes, se mantiene inerte como un pijama deformado—. ¡El efecto del jarabe dura poco tiempo!

Agitadísimo ante tanta responsabilidad, Magnum se queda inmóvil, mirando fijamente a Yo-Yo. El superroedor parece incapaz de reaccionar y, entre tanto, la araña-Morfus ya está a punto de alcanzar la boca de una alcantarilla.

—Ay… ay… algo no funciona… en lugar de curarme el RESFRIADO, siento que el jarabe lo está empeorando…

—¿Eh? ¿Estás seguro de que te has tomado la MEDICINA correcta?

—Claro, yo…

Antes de que pueda terminar la frase, a Magnum se le ponen las mejillas ROJAS y se le nubla la vista. ¡Al cabo de un instante, estalla en una serie de SUPERESTORNUDOS!

El efecto de los grandes poderes de Magnum, desatados todos a la vez por los estornudos, resulta devastador.

¡AAACHÉÉÉS!

Los zarzillos de las plantas aferran a Morfus…

¡AAACHÍÍÍS!

… a continuación, los escalofríos lo paralizan…

¡AAACHÁÁÁS!

… el efecto soporífero lo vuelve lento…

¡AAACHÚÚÚS!

… el agua lo embiste…

¡AAACHÓÓS!

... ¡y, finalmente, se desintegra, tras sufrir el letal Efecto Obstáculo!

De Morfus sólo queda el transmisor desde el que la **Banda de Los Fétidos** enviaba sus órdenes.

Mientras las primeras luces del alba iluminan el campo de batalla, un último grito de rabia se eleva desde el artilugio humeante.

—¡Sebocio y Katerino! ¡¡Insaciables comedores de **basura**!! ¡¡¡Habéis mandado mi plan a la porra!!! Makulita mía —añade a continuación con voz melosa—, verás como encuentro otro regalo digno de ti...

—¡Bah! Sé muy bien cómo acabará la

cosa… —responde Mákula, escamada—. ¡Me regalarás otra horrenda figurilla decorativa que no sabré dónde meter!

¡ELF, BURP! ¡VÁMONOS!

Y la señora Bon Bon abandona la sala, dándole con la puerta en las narices al desconsolado Blacky.

Entre tanto, en Muskrat City nuestros amigos están de **CELEBRACIÓN**.

—¡Eh! ¡Estoy curado! Ahora lo entiendo… ¡Copérnica me dio un acelerador de estornudos que me ha ayudado a derrotar a Morfus! Y ahora el efecto ya se ha **DISIPADO**…

—… ¡Y el resfriado también se te ha ido! —concluye Lady Blue.

¡HAS DERROTADO A MORFUS DE UNA VEZ POR TODAS!

—dice Supermetomentodo, exultante.

—¡Muy bien, Magnum! —añade Lady Blue.

Abrumado, el superroedor alza la vista y se pone a contemplar el cielo.

Esta vez, es Yo-Yo quien toma la palabra:

—Eh, chicos, ¿os imagináis a Blacky? ¡Estará gritándoles como un **GORILA** a sus esbirros!

—¿Un gorila, dices? —contesta Supermetomentodo—. ¡Sí!¡Pues claro! ¡El circo de Ratoncio tiene un gorila! ¡Ya sé quién ha robado los **PLÁTANOS** de Diamantino Platanillos!

Lady Blue, Magnum y Yo-Yo no entienden nada. Ni se imaginan que el superhéroe está pensando en la **INVESTIGACIÓN** que dejó colgada en Ratonia.

—Hum... ¿qué estás diciendo? —inquiere Yo-Yo.

—Nada... —responde Supermetomentodo—. ¡Lo mejor es que vayamos todos a casa de Copérnica a desayunar!

ÍNDICE

Geronimo Stilton

Marca en la casilla correspondiente los títulos
que tienes de todas las colecciones de Geronimo Stilton:

Colección Geronimo Stilton

☐ 1. Mi nombre es Stilton,
   Geronimo Stilton
☐ 2. En busca de
   la maravilla perdida
☐ 3. El misterioso
   manuscrito de Nostrarratus
☐ 4. El castillo de Roca Tacaña
☐ 5. Un disparatado
   viaje a Ratikistán
☐ 6. La carrera más loca del mundo
☐ 7. La sonrisa de Mona Ratisa
☐ 8. El galeón de los gatos piratas
☐ 9. ¡Quita esas patas, Caraqueso!
☐ 10. El misterio del
   tesoro desaparecido
☐ 11. Cuatro ratones
   en la Selva Negra
☐ 12. El fantasma del metro
☐ 13. El amor es como el queso
☐ 14. El castillo de
   Zampachicha Miaumiau
☐ 15. ¡Agarraos los bigotes...
   que llega Ratigoni!
☐ 16. Tras la pista del yeti
☐ 17. El misterio de
   la pirámide de queso
☐ 18. El secreto de
   la familia Tenebrax
☐ 19. ¿Querías vacaciones, Stilton?
☐ 20. Un ratón educado
   no se tira ratopedos
☐ 21. ¿Quién ha raptado a Lánguida?
☐ 22. El extraño caso
   de la Rata Apestosa
☐ 23. ¡Tontorratón quien
   llegue el último!
☐ 24. ¡Qué vacaciones
   tan superratónicas!
☐ 25. Halloween... ¡qué miedo!
☐ 26. ¡Menudo canguelo
   en el Kilimanjaro!

☐ 27. Cuatro ratones
   en el Salvaje Oeste
☐ 28. Los mejores juegos
   para tus vacaciones
☐ 29. El extraño caso de
   la noche de Halloween
☐ 30. ¡Es Navidad, Stilton!
☐ 31. El extraño caso
   del Calamar Gigante
☐ 32. ¡Por mil quesos de bola...
   he ganado la lotorratón!
☐ 33. El misterio del ojo
   de esmeralda
☐ 34. El libro de los juegos de viaje
☐ 35. ¡Un superratónico día...
   de campeonato!
☐ 36. El misterioso
   ladrón de quesos
☐ 37. ¡Ya te daré yo karate!
☐ 38. Un granizado de
   moscas para el conde
☐ 39. El extraño caso
   del Volcán Apestoso
☐ 40. ¡Salvemos a la ballena blanca!
☐ 41. La momia sin nombre
☐ 42. La isla del tesoro fantasma
☐ 43. Agente secreto Cero Cero Ka
☐ 44. El valle de los esqueletos
   gigantes
☐ 45. El maratón más loco
☐ 46. La excursión a las cataratas
   del Niágara
☐ 47. El misterioso caso de los
   Juegos Olímpicos
☐ 48. El templo del rubí de fuego

Libros especiales de Geronimo Stilton

- ☐ En el Reino de la Fantasía
- ☐ Regreso al Reino de la Fantasía
- ☐ Tercer viaje al Reino de la Fantasía
- ☐ Cuarto viaje al Reino de la Fantasía
- ☐ Quinto viaje al Reino de la Fantasía
- ☐ Sexto viaje al Reino de la Fantasía
- ☐ Séptimo viaje al Reino de la Fantasía

- ☐ Viaje en el Tiempo
- ☐ Viaje en el Tiempo 2
- ☐ Viaje en el Tiempo 3
- ☐ La gran invasión de Ratonia
- ☐ El secreto del valor

Grandes historias Geronimo Stilton

- ☐ La isla del tesoro
- ☐ La vuelta al mundo en 80 días
- ☐ Las aventuras de Ulises
- ☐ Mujercitas

- ☐ El libro de la selva
- ☐ Robin Hood
- ☐ La llamda de la selva

Cómic Geronimo Stilton

- ☐ 1. El descubrimiento de América
- ☐ 2. La estafa del Coliseo
- ☐ 3. El secreto de la Esfinge
- ☐ 4. La era glacial
- ☐ 5. Tras los pasos de Marco Polo
- ☐ 6. ¿Quién ha robado la Mona Lisa?
- ☐ 7. Dinosaurios en acción
- ☐ 8. La extraña máquina de libros
- ☐ 9. ¡Tócala otra vez, Mozart!
- ☐ 10. Stilton en los Juegos Olímpicos
- ☐ 11. El primer samurái

Tea Stilton

- ☐ 1. El código del dragón
- ☐ 2. La montaña parlante
- ☐ 3. La ciudad secreta
- ☐ 4. Misterio en París
- ☐ 5. El barco fantasma
- ☐ 6. Aventura en Nueva York
- ☐ 7. El tesoro de hielo

- ☐ 8. Náufragos de las estrellas
- ☐ 9. El secreto del castillo escocés
- ☐ 10. El misterio de la muñeca desaparecida
- ☐ 11. En busca del escarabajo azul
- ☐ 12. La esmeralda del príncipe indio

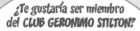

¿Te gustaría ser miembro del CLUB GERONIMO STILTON?

Sólo tienes que entrar en la página web **www.clubgeronimostilton.es** y darte de alta. De este modo, te convertirás en ratosocio/a y podré informarte de todas las novedades y de las promociones que pongamos en marcha.

¡PALABRA DE GERONIMO STILTON!

SUPERHÉROES

1 LOS DEFENSORES DE MUSKRAT CITY

2 EL ASALTO DE LOS GRILLOTOPOS

3 LA INVASIÓN DE LOS MONSTRUOS GIGANTES

4 SUPERMETOMENTODO CONTRA LOS TRES TERRIBLES

5 LA TRAMPA DE LOS SUPERDINOSAURIOS

6 EL MISTERIO DEL TRAJE AMARILLO

7 LAS ABOMINABLES RATAS DE LAS NIEVES

Geronimo Stilton
SUPERHÉROES
¡ALARMA, FÉTIDOS EN ACCIÓN!

DESTINO

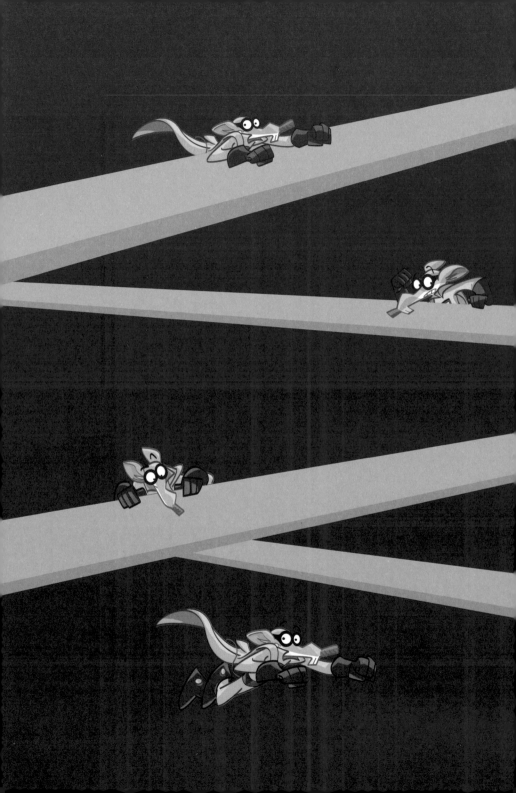